dtv

Dies ist die wahre Geschichte von Werner Munzinger, der 1852 auszieht, um die Sklaverei in Afrika abzuschaffen, während sein Vater im heimatlichen Olten vom bürgerlichen Revolutionär zum Finanzminister avanciert. Als Händler und Forschungsreisender zieht Werner Munzinger nach Kairo und ans Rote Meer, macht sich auf in die unwegsamen Gebirge Abessiniens, den sagenumwobenen Nilquellen entgegen. Er heiratet und wird Bauer, wird in Kriege und Intrigen verwickelt, und gegen seinen Willen steigt er auf zu Reichtum, Macht und Ehre. Dies ist aber auch die Geschichte des Reporters Max Mohn aus Olten, der, unzufrieden mit seinem Leben in der Provinz, 150 Jahre später aufbricht, um die Spuren des Werner Munzinger Pascha im Wüstensand aufzuspüren.
»Alex Capus gelingt es, seinen Munzinger Pascha lebendig werden zu lassen und mit kräftigen Strichen jene ferne Vergangenheit in unserer Vorstellungskraft zu plazieren.« *Die Zeit*

Alex Capus, geboren 1961 in Frankreich, studierte Geschichte und Philosophie in Basel. Zwischen 1986 und 1995 arbeitete er als Journalist bei verschiedenen Schweizer Tageszeitungen, davon vier Jahre als Inlandredakteur bei der Schweizerischen Depeschenagentur SDA in Bern. Alex Capus lebt heute als freier Schriftsteller in Olten, Schweiz.

Alex Capus

Munzinger Pascha

Roman

Deutscher Taschenbuch Verlag

Von Alex Capus
sind im Deutschen Taschenbuch Verlag erschienen:
Mein Studium ferner Welten (13065)
Fast ein bißchen Frühling (13167)
Eigermönchundjungfrau (13227)
Glaubst du, daß es Liebe war? (13295)
13 wahre Geschichten (13470)

Vom Autor überarbeitete Neuausgabe
Mai 2003
3. Auflage März 2008
Deutscher Taschenbuch Verlag GmbH & Co. KG,
München
www.dtv.de

Originalveröffentlichung: Zürich 1997
Der Abdruck der Landkarte auf Seite 9, gezeichnet von
Bettina Wunderli, erfolgt mit freundlicher Genehmigung
der Diogenes Verlag AG, Zürich.
Der Abdruck des Fotos von Werner Munzinger alias
Munzinger Pascha auf Seite 209 erfolgt mit freundlicher Genehmigung
der Schweizerischen Landesbibliothek, Bern.
Umschlagkonzept: Balk & Brumshagen
Umschlaggestaltung: Catherine Collin unter Verwendung
eines Gemäldes von León Belly
Gesetzt aus der Sabon, 10,5/12,25·
Gesamtherstellung: Druckerei C. H. Beck, Nördlingen
Gedruckt auf säurefreiem, chlorfrei gebleichtem Papier
Printed in Germany · ISBN 978-3-423-13076-9

Für Nadja

»Meistens verändern sich die Dinge zum Besseren.«
John Wayne 1969 in ›Chisum‹

MITTELMEER
ALEXANDRIA
KAIRO
SUEZ
EL TUR
ARABIEN
MEDINA
JANBO
ÄGYPTEN
ROTES MEER
MEKKA
SUDAN
ED DAMER
KEREN
KASSALA
MASSAUA
KHARTUM
ABESSINIEN
ADEN
EL OBEID
TADJURA
MAGDALA

1

An jenem Wintermorgen hing der Himmel voller Gleitschirmflieger und Ballonfahrer. Wie neonfarbene Geier kreisten sie über der Stadt, während unten im Morgenverkehr ein Bus sich über die City-Kreuzung quälte. Auf der hintersten Plattform stand ein schlaksiger junger Mann und warf gallige Blicke hinauf zu den vergnügungssüchtigen Himmelsstürmern. ›Die Idioten lernen fliegen‹, dachte er. ›Bald fliegen alle Idioten am Himmel herum. Dann sehen wir die Sonne nie mehr.‹ Der neidische junge Mann war ich.

»Ah, unser Max Mohn!« hatte mich der Chef zehn Minuten zuvor angebrüllt, als ich in die Redaktion der ›Oltner Nachrichten‹ kam. »Tut mir leid, daß ich deine Arbeitskraft zu solch früher Morgenstunde in Anspruch nehmen muß, hehe!«

Ich murmelte einen Morgengruß.

»... sozusagen mitten in der Nacht, hehe, dazu noch an einem Montag! Du mußt auf die Piste. Jetzt gleich, sofort. Portrait schreiben. Du bist angemeldet.«

»Bei wem?«

»Dieter Zingg.«

»Dem Kunstmaler? Der war doch erst letzte Woche im Blatt!«

»Schon. Aber jetzt will er in die Politik, kandidiert für den Ständerat. Da müssen wir ein Portrait bringen. Hundertachtzig Zeilen, ja? Sei so gut, bitte.«

Während der Bus stadtauswärts ruckelte, öffnete ich die Archivmappe, die mir der Chef mitgegeben hatte. Sie enthielt Zeitungsartikel über den Kunstmaler Dieter Zingg: fünfundvierzig Jahre alt, Bezirksschullehrer im Hauptberuf, Förder- und Anerkennungspreise hier und da und dort, wurde Anfang der achtziger Jahre den Jungen Wilden zugerechnet und als eine der vielversprechendsten schöpferischen Kräfte im Land gehandelt. Wurde – Donnerwetter! – zu Gruppenausstellungen in Tokio und London eingeladen. Durfte drei Monate im Atelier einer Kulturstiftung in New York arbeiten. Donnerwetter, Donnerwetter.

Meine Haltestelle hieß Mühlebach, obwohl es hier längst keine Mühle und keinen Bach mehr gab. Ein paar hundert Meter abseits der Hauptstraße begann das Einfamilienhausquartier, in dem Zinggs Haus stand. Er wohnte, wo alle Lehrer wohnen: in einem Einfamilienhaus am Jurasüdfuß. Nicht ganz hoch oben, wo's richtig teuer wird (ab 700 m ü. M.), aber auch nicht unten, wo die billigeren Häuschen stehen (530 m ü. M.), und schon gar nicht zuunterst in der Ebene an der Bahnlinie Zürich – Genf (420 m ü. M.), wo die Türken und Jugoslawen in speckigen Wohnblocks leben. Mit meinem in langen Jahren als Lokalreporter erworbenen Sozial-Höhenmesser hatte ich Zinggs Domizil rasch geortet: Es lag auf 613 Metern und war bis zum hintersten Kellerfenster dreifachverglast. Davor stand links ein Schneemann mit Karottennase, Kohleaugen, Wollmütze und Reisigbesen. Rechts lag tief eingeschneit und zugefroren ein Weiher, an dessen Ufer ein wohldosiertes Bündel Schilf aus dem Schnee ragte. Zweifellos quakten dort im Sommer die Frösche und blühten allerlei lehrreiche Pflanzen.

Ich öffnete das schmiedeeiserne Gartentor und ließ es hinter mir sachte ins Schloß fallen. Ein makellos schneefreier Plattenweg führte zu einer Buchenholztür. Daneben hing eine rostige Kette mit rustikalem Holzgriff. Als ich daran zog, ertönte drinnen das Bimmeln eines Ziegenglöckleins. Die Tür ging auf, und vor mir stand eine alterslose Frau mit im Nacken zusammengebundenen Haaren und wäßrigen Augen.

»Guten Tag, mein Name ist Mohn. Max Mohn, von den ›Oltner Nachrichten‹. Ich bin mit Herrn Zingg verabredet.«

Die Frau wischte ihre mehlbestäubten Hände an der Küchenschürze ab. »Bitte kommen Sie herein.«

Ich machte zwei Schritte ins Hausinnere, dann sagte die Frau: »Würden Sie bitte die Schuhe ausziehen? Wir halten das hier so. Der Schmutz und der Schnee, verstehen Sie?«

Ich stellte meine Schuhe neben eine Reihe von kleinen und noch kleineren Gummistiefeln mit aufgedruckten Mickymausfiguren, stieg vorsichtig über eine Spielzeuglokomotive aus Naturholz und folgte der Frau in die Wohnküche. Dort gab eine Glasfront den Blick frei auf den Weiher und den Schneemann. An schönen Tagen mußte die Küche sonnendurchflutet sein. Es duftete nach selbstgebackenem Brot. Überall stand und hing blitzsauberes Bauerngeschirr. An einem alten Eichentisch in der Mitte des Raums thronte Dieter Zingg und las die ›Oltner Nachrichten‹. Er trug ein blaues Bauernhemd mit aufgestickten Enzianen, einen gepflegten Kranzbart und eine runde Nickelbrille. Links und rechts von ihm saßen drei rotbackige Mädchen, das blonde Haar zu Zöpfen geflochten, etwa acht bis zwölf Jahre alt. Das also war der Junge Wilde und Ständeratskandidat Dieter Zingg.

»Guten Morgen, Herr Mohn! Setzen Sie sich, wir beginnen gerade mit dem Frühstück. In den Ferien immer etwas später als gewöhnlich, hehe!«

Ich setzte mich, verknotete die unbeschuhten Füße unter dem Stuhl und versuchte mich zu erinnern, wann ich zuletzt die Socken gewechselt hatte. Dieses Lachen. Hehe. Hatte ich das heute nicht schon einmal gehört?

»Ich freue mich auf unsere Zusammenarbeit«, eröffnete Zingg das Gespräch. »Ihren Chefredakteur kenne ich ja schon ewig. Wir haben zusammen das Lehrerseminar abgesessen. Und dann waren wir beide bei den Kommunisten, hehe! Das war vor – warten Sie – vor bald dreißig Jahren. Sie müssen das ja nicht unbedingt schreiben in Ihrem Bericht, hehe!«

Wie auf ein geheimes Zeichen falteten die drei Mädchen die Hände und schlossen die Augen. Zingg und seine Frau taten es ihnen nach, und dann bat das jüngste den Herrgott, daß Er segnen möge, was Er uns bescheret hat, und daß es dem kranken Nachbarn besser gehen möge. Ich hielt mich mit beiden Händen an der Tischplatte fest und war froh, daß die ganze Familie die Augen geschlossen hatte. Ob Zingg auch Tischgebete sprechen ließ, wenn er mit seinen Kumpels von der New Yorker Avantgarde Kokain schnupfte?

Als es vorbei war, sagte Zingg: »Das hast du schön

gemacht, Myriam. Reichst du mir bitte die Butter, Rachel? Und du den Brotkorb, Rebekka?«

Myriam, Rachel, Rebekka. Mir schwindelte. Die drei Mädchen lächelten ihren Vater an und reichten ihm das Gewünschte, während die Mutter aufstand und am Herd mit Kaffee und Milch hantierte. Zingg schaute mich erwartungsvoll an. Ich zermarterte mir das Gehirn nach einer geistreichen Frage. Wie sollte ich etwas über den Mann schreiben, wenn mir nicht mal eine Frage einfiel? Die drei Mädchen mit den biblischen Namen musterten mich sittsam aus runden, wasserblauen Augen. Ich nahm einen Schluck Milchkaffee aus der riesigen Tasse, die mir die Frau hingestellt hatte. Jetzt mußte ich etwas sagen.

»Haben Sie dieses Haus selbst gebaut?«

Zingg riß begeistert die Augen auf. Er legte das Buttermesser auf den Teller und begann zu erzählen: von Sonnenkollektoren auf dem Dach und Wärmerückführung, Dreifachverglasung, natürlichen Baumaterialien und Holzschnitzelheizung. Ich beobachtete, wie die Mädchen sparsam Butter auf das Brot schmierten und noch sparsamer Honig auftrugen. Sie reichten einander den Honigtopf so behutsam weiter, als ob er Nitroglyzerin enthielt. Ich war mir sicher, daß Zingg den Honig selbst gewonnen hatte. Gleich hinter dem Haus stand mit größter Wahrscheinlichkeit das familieneigene Bienenhaus. Und bestimmt hatte Zingg seinen Töchtern schon tausendmal erklärt, wie hart ein Bienchen arbeiten muß für eine Messerspitze Honig.

Der Milchkaffee wärmte mir wohlig den Bauch. Die drei artigen Mädchen und ihre geschäftige Mutter wattierten den Raum mit sanfter Weiblichkeit, und jetzt drang doch tatsächlich ein zaghafter Sonnenstrahl durch den Nebel in unsere Bauernküche. Ich fühlte mich plötzlich sehr wohl. Eine dösige Müdigkeit breitete sich in mir aus. Weit weg waren New York, Tokio, der Ständerat und meine Schreibmaschine. Avantgarde und Politik hatten keine Chance gegen die Gemütlichkeit unserer Frühstücksrunde. Ich nahm mich zusammen und versuchte Zinggs bautechnischen Ausführungen zu folgen. Ab und zu streute ich einen schläfrigen Ausdruck der Verblüffung ein und tunkte selbstgebackenes Vollkornbrot in den Milchkaffee. Die Frau brachte mir Lammfellpantoffeln. Mein Glück war vollkommen. Ich wollte nie mehr von hier weggehen. Bis an mein Lebensende würde ich bei diesen braven und gottesfürchtigen Bauersleuten bleiben; morgens würde ich die Kühe melken, nachmittags Schnaps brennen und abends mich zeitig im Stall zur Ruhe legen in der dampfenden Wärme des Viehs. Nach zehn Jahren treuer Pflichterfüllung würde mir der Bauer Zingg eine seiner Töchter zur Frau geben – die mittlere vielleicht, die mit den Sommersprossen –, und eines fernen Tages würde ich den Hof übernehmen.

Aber dann sagte Zingg: »So, genug geplaudert. Jetzt muß ich Ihnen erklären, wieso Politik Kunst ist und Kunst Politik. Gehen wir ins Atelier.«

Benebelt stieg ich hinter Zingg die Treppe hoch. Ich wollte nicht ins Atelier. Ich wollte in der Bauernküche bleiben bei den blondbezopften Mädchen, der mehlbestäubten Frau und dem Milchkaffee. Aber Zingg wollte ins Atelier und in die Politik. Warum nur?

Das Atelier lag unter dem Dach. Da war nichts

von bäuerlicher Gemütlichkeit, nur ein leerer weißer Raum mit großen Dachfenstern und einer Staffelei in der Mitte. An den Wänden standen ungerahmte Bilder, jedes so groß wie das staubige Rechteck unter dem Ehebett meiner Großeltern. Zingg deutete auf eine blaue menschliche Silhouette auf weißem Grund, die mit einem gewaltigen Satz durch einen gelbroten Feuerreif sprang. »Dieses habe ich als letztes gemalt.«

Ich versuchte mich auf das Bild zu konzentrieren, während ein Hauch kalten Milchkaffees von Zingg zu mir herüberwehte. Um nichts sagen zu müssen, wandte ich mich dem nächsten Bild zu. Es zeigte eine rote Silhouette, die durch einen blauen Feuerreif sprang. Schweigend machte ich die Runde: violette Silhouette durch gelben Feuerreif, gelbe Silhouette durch blauen Feuerreif, grün durch violett und so weiter. Schließlich kam ich wieder bei Zingg an, der bei seinem jüngsten Werk stehengeblieben war. Ich war ratlos. Was um alles in der Welt machte Zingg da?

Er schaute mich ernst und prüfend an. »Verstehen Sie nun, daß ich in die Politik muß?«

Jetzt mußte ich wirklich etwas sagen. Irgend etwas. »Ich ... fühle in Ihrem Werk eine tiefe Betroffenheit ...«

Zingg riß erneut die Augen auf und begann zu erzählen: vom schlechten Zustand der Tropenwälder, vom Ozonloch, den Menschenrechten, fairem Welthandel, natürlichen Baumaterialien und Holzschnitzelheizung. Er redete über qualitatives Wachstum, nachhaltige Entwicklung und die Besteuerung fossiler Energieträger, dann auch über Kinderkrippen, Radwege, das Aussetzen von Feuersalamandern in städtischen Naherholungsgebieten und die Bekämpfung des Hundebandwurms. Ich fühlte mich plötzlich sehr unwohl. Weit weg waren die Bauernküche, die mehlbestäubte Frau mit ihren blondbezopften Töchtern, der Bienenstock und der Milchkaffee. Ich nahm mich zusammen und versuchte Zinggs Ausführungen zu folgen, machte auch einige Bemerkungen und Notizen. Aber eigentlich dachte ich immer nur über die eine große Frage nach: wie ich möglichst schnell und elegant von hier verschwinden könnte.

2

Am frühen Nachmittag saß ich in der Redaktion der ›Oltner Nachrichten‹ vor meinem Bildschirm und spielte mit der Tastatur. Hundertachtzig Zeilen, hatte der Chef gesagt; das war in zwei Stunden bequem zu schaffen. Wenn nichts dazwischenkam, würde ich noch bei Tageslicht die Aare entlangspazieren und nachsehen, wie es den Schwänen am zufrierenden Flußufer erging. Ich hatte gerade meine dreieinhalb Schreibfinger in Stellung gebracht, als eine fette, blauschwarze Fliege auftauchte. Eine Fliege mitten im Winter – fasziniert ließ ich die Hände in den Schoß sinken. Sie torkelte brummend durch mein Büro wie ein chilenisches Postflugzeug, das verzweifelt seinen Weg durch die regenverhangenen Anden sucht. Das Postflugzeug quälte sich über den Gipfel des Gummibaums hinweg, verschwand für einen Augenblick in einer schwarzen Gewitterwolke und schaffte kurz vor dem Zerschellen am nächsten Gebirgszug eine Notlandung auf meinem Büchergestell. Dort stand der Flieger still und ließ die heißgelaufenen Propellermotoren auskühlen. Sachte rollte ich auf dem Bürostuhl zum Regal. Der Brummer mußte weg; solange der im Büro umherkurvte, würde ich keine Zeile schreiben können. Als ich auf Armeslänge herangekommen war, hob ich die Hand, fixierte den Gegner, schlug blitzschnell zu – und die Fliege war nur mehr ein Fleck, gleichmäßig verteilt auf meinem Handteller und einem grünen Buchrücken. Ich wischte meine Hand ab und betrachtete das Buch. Dick, in Leinen gebunden, goldene Prägeschrift: *Geographisches Lexikon der Schweiz,* erschienen 1905. Noch nie gesehen. Dabei saßen wir nun schon drei Jahre ganz nah beisammen, Rücken an Rücken sozusagen. Als pflichtbewußter Lokalreporter schlug ich unter O wie Olten nach.

> OLTEN (Kt. Solothurn, Amtei Olten-Gösgen). 400 m ü. M., Stadtgemeinde, 67 km nördlich von Bern, auf beiden Seiten der Aare und zwischen den beiden südlichsten Juraketten, 47° 21' n. Br. und 8° 03' ö. L. von Greenwich. Olten verdankt seine Bedeutung der Eigenschaft als Hauptzentralpunkt der Bahnlinien Genf-Zürich-Bodensee via Bern und via Neuenburg und Basel-Luzern-Chiasso sowie der Straßenzüge ...

Olten war also ein Hauptzentralpunkt. Das hatte ich doch schon immer vermutet. Und was sonst? 8200 Einwohner in 850 Häusern (1904), neues Schulhaus, neues Theater, neues Spital, allerlei neue Fabriken, ein eigenes Elektrizitätswerk, Stadtbibliothek mit 15 000 Büchern, prächtiger Bahnhof, prächtige Naturlandschaft ringsum, prächtige Geschichte, zurückzuverfolgen bis in die Römerzeit ... und so weiter. Ich wunderte mich nicht mehr, daß wir so lange schweigend Rücken an Rücken gesessen hatten, das Lexikon und ich. Wir hatten einander nichts zu sagen. Ich wollte es eben zuklappen und zurück ins Regal stellen, als mir im letzten Moment eine irritierende Buchstabenfolge ins Auge stach. Ich zoomte die Druckbuchstaben heran. Hier stand eine Schulklasse voller kreuzbraver lateinischer Buchstaben, zu nichts anderem nutze als zum Auffüllen der leeren Seiten in einem geographischen Lexikon. Weshalb also irritierten mich die kleinen Langweiler? Ich ging sie nochmals durch, und dann sah ich es: Das hier war kein gewöhnliches Klassenfoto, die lateinischen Langweiler paßten nicht zueinander.

> Aus Olten sind viele bekannte und verdiente Persönlichkeiten hervorgegangen: (...) WERNER MUNZINGER PASCHA (1832–1875), Generalgouverneur der ägyptischen Provinzen am Roten Meer und des östl. Sudans, Afrikareisender und Sprachforscher.

Olten war also nicht nur ein Hauptzentralpunkt, sondern auch Geburtsort eines großen Abenteurers. In denselben engen Gassen wie der Ständeratskandidat Zingg und ich hatte der berühmte Werner Munzinger Pascha seine ersten Schritte getan. Wie wurde man Generalgouverneur der ägyptischen Provinzen am Roten Meer und des östlichen Sudans? Und ich? Warum hatte ich bis heute nichts gewußt von diesem Munzinger Pascha? Warum sagte mir keiner was? Mir, dem Lokalreporter? Ich stand auf und ging mit dem Lexikon hinüber ins Büro des Chefredakteurs.

Auf dem Mahagonipult drehte eine grüne Lokomotive des Typs Ae 3/6 einsam und gemächlich ihre Runden. Ich folgte dem Lauf der Schienen; der Chef hatte wieder einmal eine raffinierte Linienführung gefunden. Sein Ehrgeiz bestand jeweils darin, beim Streckenbau nichts zu verrücken: Die Schreibmaschine mußte am gewohnten Ort stehenbleiben, das Bild der Ehefrau auch, der Rosenquarz, die Aktenstöße, die zwei Telefonapparate ebenfalls. Wirklich gelungen, die Linienführung, besonders die kleine Brücke über die Computer-Tastatur hinweg. Aber wo war der Chef?

»Wo ist denn nur... verdammt... ich hab sie doch...« Hohl drang Trümpys Stimme aus einem Aktenschrank hinter der Tür.

»Chef?«

»Wo zum Teufel ist die Ae 4/7?« Er tauchte aus der Tiefe des Schranks auf und sah mich drohend an. Ich erinnerte ihn daran, daß wir die Lok nach dem letzten Redaktionsapéro in die Reparatur hatten schicken müssen; sie war in einer Linkskurve entgleist und gegen den Heizkörper geknallt, als der Chef einen neuen Geschwindigkeitsrekord versuchte.

»Ach ja!« Er ging zurück zu seinem Pult und drehte am Transformator, worauf die Ae 3/6 doppelt so schnell zwischen Rosenquarz, Ehefrau und Aktenstößen herumkurvte. »Kommst du voran mit deinem Portrait?«

»Es geht. Sagt dir der Name Werner Munzinger Pascha etwas?«

»Der Afrikaforscher? Natürlich. War der Sohn des Bundespräsidenten Josef Munzinger, des Gründervaters von 1848. Ist nach Ägypten abgehauen, als sein Vater in die Regierung kam. Wollte wohl Pharao werden, um den Alten zu übertrumpfen, hehe!«

3

17. November 1848, kurz vor Mittag. Dicke Nebelschwaden ziehen über die Aare. Das ist nichts Ungewöhnliches für die Jahreszeit, aber die Möwen mögen den Nebel nicht; beleidigt bleiben sie auf dem Dachfirst der Holzbrücke sitzen, die vom Zollhaus ins Städtchen führt. Ein Hauptzentralpunkt ist Olten damals noch nicht, denn es gibt keine Eisenbahn weit und breit. Olten ist in jenem Herbst ein muffiges Kaff mit tausendfünfhundert Einwohnern, die sich ängstlich hinter dicken, mittelalterlichen Stadtmauern verbergen. Und wo später Spitäler und Fabriken stehen werden, dampfen Kuhweiden und frisch gepflügte Kartoffeläcker in der fahlen Morgensonne.

Ein paar hundert Meter flußaufwärts sitzt ein schmächtiger Jüngling von sechzehn Jahren auf einem Fels und wirft Steinchen ins Wasser. Da und dort ragen verrottete, algenbedeckte Holzbalken aus dem Fluß. Die Goldsucher! Wenn nur die Goldsucher noch hier wären! Der Jüngling streicht sich eine blonde Locke aus dem bleichen Gesicht. Der Vater hat oft von ihnen erzählt: Über sechzig Mann haben hier Gold gewaschen von Mai bis September 1820. Grimmige Kerle waren das, ausgediente Soldaten, landlose Bauern, heimatlose Handwerksgesellen. Sie arbeiteten für den Oltner Posthalter Frei, der die Rechte an der unteren Aare für zehn Jahre gekauft hatte. Einen Sommer lang standen die Kerle zehn Stunden täglich bis zu den Hüften im Wasser, schaufelten goldhaltigen Sand aus dem Flußbett und siebten hauchdünne Goldplättchen heraus. Im Herbst wog Posthalter Frei die Ausbeute und beschloß, daß es zu wenig sei. Die sechzig Männer mußten gehen, nach Kalifornien oder sonstwohin. In Olten jedenfalls gab es für sie keinen Platz, und in der Aare verrotten seither die hölzernen Schleusen und Waschtische. Olten ist halt nicht Kalifornien! sagt der Vater.

Werner Munzinger wirft Steinchen nach einem Holzbalken, der nicht allzu weit weg im Wasser steht. Er trifft nicht. Sein Bruder Walther trifft immer. Walther ist Soldat. Dabei ist er nur zwei Jahre älter als Werner. Vor einem Jahr hat er sogar ernsthaft geschossen, als er gegen die katholischen Kantone in den Sonderbundskrieg zog, und einen Säbel hat Walther erbeutet in offener Schlacht. Hoch zu Roß ist er in Luzern eingeritten, mitten im Generalstab an der Spitze der siegreichen Armee. Soldat kann ich nicht werden, denkt Werner. Erstens ist das der Bruder schon, zweitens treffe ich nicht so gut. Aber was dann? Nächstes Jahr ist Werner mit dem Gymnasium fertig, dann muß er nach Bern an die Universität und ein Studium anfangen. Theologie wäre schön; aber wenn er diese verstaubten Pfaffen nur schon sieht ... Der Vater will, daß er Arzt wird. Werner hat Hunger. Hoffentlich ist bald Mittag. Großmutter macht die besten Pfannkuchen der Welt. Je näher Werner dem oberen Stadttor kommt, desto mehr Menschen begegnet er.

»Sei gegrüßt, Werner! Gratulation dem Herrn Vater!«

Was haben die Leute nur? Warum schauen sie ihn alle an?

»Herzlichen Glückwunsch!«

Dort zieht sogar einer den Hut! Noch nie hat einer den Hut gezogen vor ihm. Und die Frau da will gar nicht mehr aufhören zu lächeln. »Allen Segen aus der Vaterstadt für den Herrn Papa!«

Ach ja, der Vater. Gestern ist er in Bern zum Bundesrat gewählt worden. Erwartungsgemäß. Vater ist ein berühmter Mann. Schon vor dreißig Jahren war er freisinniger Revolutionär, mußte nach Italien ins Exil, kam zurück und jagte in Solothurn 1830 die Adligen zum Teufel. Die Geschichte hat Werner schon oft gehört. Auch jene vom reaktionären Tambourmajor, der aus Rache in ihr Haus eindrang und die Köchin zwang, Vaters liebsten Kanarienvogel zu braten. Politiker will Werner nicht werden. Das ist der Vater schon. Etwas Neues will er machen, etwas Schönes, Großes – aber was? Im Frühling muß er nach Bern an die Universität. Er weiß nicht, was er studieren soll. Alles ist schon besetzt. Alles ist verbraucht und abgenutzt und langweilig.

Auf der Brücke zum Oberen Tor schlägt Werner der Gestank des Stadtgrabens entgegen. Tief unten fließt ein dünner Bach die Stadtmauer entlang. Im Gebüsch links und rechts des Rinnsals verwesen Küchenabfälle und die Eingeweide geschlachteter Tiere; unter der Brücke liegt seit Wochen ein totes Pferd, dessen Rippen zwischen dem zerfetzten braunen Fell hervorgrinsen. Werner läuft durch die Hauptgasse zum Munzinger-Haus, als vor ihm eine Bürgerin ihren Nachttopf aufs moosbewachsene Pflaster schüttet. Schon immer hat es gestunken in den dämmerigen Gassen dieses Untertanenstädtchens. Seit elf Generationen lebt Familie Munzinger in diesen Mauern. Seit vierhundert Jahren. Das genügt. Werner will nicht, sein Bruder Walther auch nicht. Natürlich hat Vater recht: Die Familie ist reich geworden im Schutz der Stadtmauern. Vierhundert Jahre haben die Munzingers hier gearbeitet in Frieden, Fleiß und Freudlosigkeit als Leinenweber, Drahtschmiede und Handelsleute. Eine ehrbare, angesehene Familie. Aber Werner will nicht. Das ist ihm zu langweilig. Wenn die Goldsucher hier keinen Platz haben, will auch er nicht bleiben.

4

Draußen war es schon dunkel, und ich saß immer noch im Büro und hatte keine einzige Zeile über Dieter Zingg zustande gebracht. Zum x-ten Mal schrieb ich drei Wörter auf den leeren Bildschirm und löschte sie gleich wieder. Ich stand auf und holte Kaffee, schrieb fünf Wörter, sortierte die Büroklammern in meinem Pult der Größe nach, fügte zwei Wörter hinzu und löschte alles, staubte die Blätter des Gummibaums ab und rauchte meine fünfzehnte Zigarette.

»Max, alter Träumer!« brüllte der Chef, der sich wie immer lautlos von hinten angeschlichen hatte. »Kommst du voran? Morgen früh bringst du mir den Artikel, ja? Ich möchte ihn durchsehen, bevor er ins Blatt kommt. Den alten Zingg kenne ich schon ewig. Wir haben zusammen das Lehrerseminar abgesessen. Und dann waren wir beide bei den Kommunisten, hehe! Das war vor – wart einmal – bald dreißig Jahren. Das mußt du ja nicht unbedingt schreiben, hehe!«

Er war schon fast wieder draußen, als ich ihn zurückrief. »Chef! Es geht nicht.«

»Was soll das heißen?«

»Es geht nicht. Mir fällt nichts ein.«

»Zum alten Zingg fällt dir nichts ein? Aber hör mal: der Bart. Die Kunst. Das Häuschen. Der Weiher. Die

Frau. New York. Die drei Töchter. Tokio. Und jetzt auch noch die Politik. Da fällt dir nichts ein?«

»Wie soll ich sagen: Der Mann ist ... er ist ...«

»Ja?« Der Chef schaute mich an wie ein geduldiger Primarlehrer.

»Nun, er ist ...«

»Sag's doch!«

»Er ist ein ...«

»Ein Arschloch, ein verlogenes?«

»Ja. Ganz genau.« Der Chef hatte mit zwei Wörtern das Portrait des Ständeratskandidaten Dieter Zingg gezeichnet. Der Artikel war geschrieben, die Arbeit erledigt. Ich konnte nach Hause gehen.

»Du meinst, der alte Zingg ist ein wehleidiger Wohlstandskrüppel?«

»Ja.«

»Ein scheinheiliger Kriegsgewinnler? Ein kleinkarierter Kulturspießer?«

»Exakt.«

»Ein kleinmütiger Humanitätsheuchler? Ein wurstiger Pinselschwinger? Ein spießiger Gartenzwerg?«

»Genau.«

»Mein lieber Max, hör mir zu: Erstens müssen wir das Portrait einfach bringen, weil wir von jedem Ständeratskandidaten ein Portrait machen. Zweitens sind genau solche Sachen dein Job. Und drittens: Was glaubst du, welche Ausdrücke ein sechzehnjähriger Gymnasiast wählen würde, wenn er einen dreißigjährigen konvertierten Hippie wie dich mit zwei Wörtern portraitieren müßte?«

Natürlich hatte der Chef recht. Das ärgerte mich jedesmal furchtbar, wenn er recht hatte. Sobald ich mit dem Portrait fertig wäre, würde ich wieder einmal in die Kneipe gehen und mich betrinken. Sachte, aber gründlich, zur Entspannung.

Kaum war der Chef weg, klingelte das Telefon.

»Oltner-nachrichten-lokalredaktion-mohn-guten-tag?«

»Max, bist du das?«

Ingrid. Oh, Ingrid.

»Hallo Ingrid, wie geht's?«

»Danke. Bestens. Großartig. Und dir?«

»Genauso. Bestens. Ganz großartig.«

»Hör zu: Kannst du heute abend außer Programm den Kleinen übernehmen? Ich habe eine wichtige Sitzung. Sagen wir – in einer halben Stunde? Paßt dir das?«

»Natürlich.«

Es paßte mir überhaupt nicht. Heute abend wollte ich mich betrinken. Macht nichts. Mein Sohn ist wichtiger. Betrinke ich mich halt morgen. Und das Portrait kann ich auch zu Hause schreiben, wenn der Kleine schläft.

Ingrid, o Ingrid.

Wie lange ist das nun her, daß wir uns trennen mußten? Erst vier Monate? Es kommt mir vor wie sieben Jahre.

An jenem Abend hatte ich mich mit zwei großen Plastiktaschen voller Einkäufe das Treppenhaus hochgekämpft und sie neben Ingrid auf den Küchentisch gestellt. Sie saß vor einem Glas Rotwein in betonter Gelassenheit, eine Zigarette zwischen Zeige- und Mittelfinger der rechten Hand. Das war ein schlechtes Zeichen. Ingrid hatte das Rauchen zu Beginn der

Schwangerschaft aufgegeben und war nur drei Mal rückfällig geworden – das erste Mal, als ich ihren roten Triumph Spider zu Schrott fuhr; das zweite Mal, als ihre Werbeagentur Konkurs ging; und das dritte Mal, als ihre Mutter an Lungenkrebs starb.

»Was ist los?« fragte ich.

»Nichts« sagte Ingrid und schaute ihren Rauchkringeln hinterher.

»Wo ist der Kleine?«

»Schläft.«

»Schon?«

»Noch. Er schläft *noch.* Seit zwei Stunden. Gleich wird er wieder aufwachen.«

»Dann schläft er wieder die halbe Nacht nicht.«

»*Ja, Max!*«

»Ich sage ja nichts.«

»Er ist mir mitten im Flur eingeschlafen, wenn du es genau wissen willst. Über seinem Feuerwehrauto.«

»Ja.«

»War nicht mehr wachzukriegen.«

»Ich sage ja nichts.«

Ingrid ließ ihre eisblauen Husky-Augen auf mir ruhen. Dann tippte sie mit beiden Zeigefingern synchron gegen die Plastiktaschen. »Du solltest Papiertaschen nehmen, mein Lieber. Die sind umweltverträglich.«

»Papiertaschen reißen« entgegnete ich. »Nichts auf der Welt nervt mich so sehr wie reißende Einkaufstaschen.«

Daß Ingrid mich als ihren Lieben bezeichnete, war ebenfalls ein schlechtes Zeichen. Früher wäre es uns nie eingefallen, einander Kosenamen zu geben. Und über jene Paare, die einander in aller Öffentlichkeit

»Schatz!«, »Liebling!« oder »Maus!« zubrüllten, hatten wir uns immer lustig gemacht.

Ich packte die Einkäufe aus: Eier, Butter, Kaffee, Joghurt, Joghurt, Milch, Milch und nochmals Milch, Karotten, Weißbrot ...

»Wieso Weißbrot?« fragte Ingrid.

»Was, wieso Weißbrot?«

»Weißbrot ist schlecht.«

»Jaja.«

»Es hat keine Nährstoffe, ist schlecht für die Zähne, liegt schwer im Magen ...«

»Ich mag's.«

»Soso. Du magst Weißbrot, und alles andere ist dir egal.« Ingrids Stimme wurde höher und gepreßter. Die weibliche Kampfstimme. »Du kaufst nicht für dich allein ein, mein Lieber.«

»Ich weiß das. Ich habe seit zwei Jahren nichts mehr für mich allein eingekauft.«

Ingrid fuhr sich mit gespreizten Fingern durchs blonde Haar und schenkte sich Wein nach. Wie schön sie war.

»So geht das nicht. Wir sollten uns einig werden. Weißbrot ist nun mal ...«

»Schon gut. Ab sofort kaufe ich Vollkornbrot. In Papiertaschen.«

»Nein, so nicht!«

»Die Milch ist aber in Ordnung, ja? Vollmilch. Und die Karotten sind Bio.«

»Dein billiger Sarkasmus ist hier wirklich ...«

»Wir streiten um Weißbrot, um Himmels willen!«

»Max, du bist ... was schaust du mich so an?«

»...«

»Was grinst du so dämlich?«

»Ich rechne. Sind wir schon wieder soweit?«

»Wie weit?«

»Ist es wirklich schon achtundzwanzig Tage her, daß du das Telefon auf die Straße geworfen hast? Durch das geschlossene Fenster?«

Ingrid erstarrte. Für die Dauer von zwei oder drei Herzschlägen starrte sie mich an mit ihren Husky-Augen – dann schnellte sie hoch, flink wie ein Reptil, und schüttete mir ihren Wein ins Gesicht, und in der gleichen Sekunde, bevor ich den ersten Gedanken fassen konnte, versetzte meine Hand ihr eine Ohrfeige. Von da habe ich alles in Erinnerung, als ob es in Zeitlupe geschehen wäre: Wie Ingrid erstaunt die Augen aufriß und die Hand an die Wange hielt; wie sie in nachträglichem Schrecken zurückwich, den Boden unter den Füßen verlor, strampelte und eine absurd lange Sekunde in der Luft hing, bevor die Schwerkraft wieder Besitz von ihr ergriff; und wie sie auf dem Weg nach unten auf der Oberkante des Kühlschranks aufschlug, und zwar mit dem Nacken.

Ingrid blieb auf dem kalten Fliesenboden liegen. Der Wein tropfte mir aus den Haaren und machte violette Flecken auf meinem weißen Hemd. Sie stand nicht wieder auf. Einen Moment glitzerte es in ihren Augen, dann stöhnte sie und griff sich an den Nacken. »Autsch. Das tut weh.« In Panik bettete ich sie mit Kissen und Decken auf den Küchenboden, befahl ihr, still liegenzubleiben, und rief die Ambulanz.

Ingrid hatte einen Halswirbel gebrochen. Angerissen. Von der Fahrt ins Krankenhaus will ich schweigen, von den tausend Fragen zum Unfallhergang in der Notaufnahme auch, von der angstvollen Nacht in einem neonbeleuchteten Aufenthaltsraum mit unserem schlafenden Sohn im Arm ebenfalls und von den vorwurfsvollen Blicken der Ärzte und Krankenschwestern erst recht. In den folgenden zwei Wochen verbrachte ich jede freie Minute im Krankenhaus. Ich weinte, brachte Geschenke, bat um Vergebung und vollzog alle Rituale, die uns ein weiteres Zusammenleben hätten ermöglichen sollen. Am Tag aber, an dem Ingrid mit jenem anklagend weißen Halskorsett nach Hause entlassen wurde, war es vorbei. Für dieses Korsett gab es keine Entschuldigung und kein Verzeihen.

Ich raffte mein Zingg-Dossier zusammen und ging nach Hause. Ingrid lieferte den Kleinen pünktlich um halb sieben Uhr an meiner Haustür ab. Ich kochte ihm seine Leibspeise, Spaghetti mit Apfelkompott aus der Dose. Dann putzten wir die Zähne und gingen zu Bett. Binnen zwei Minuten war er eingeschlafen. Ich ging hinüber an meinen Schreibtisch. Hundertachtzig Zeilen. Wenn ich erst den Anfang habe, läuft alles wie geschmiert. Wie eilig es Ingrid hatte, als sie den Kleinen brachte. Zum Glück schläft er schon, dann kann ich in Ruhe arbeiten. Der Anfang ist nun mal das Schwerste. Heute abend schreibe ich nur den Anfang, für den Rest habe ich morgen noch Zeit. Womit steige ich ein? Mit einer Beschreibung der Bauernküche? Kitsch. Mit der mehlbestäubten Frau und den blondgezopften Mädchen? Das glaubt mir kein Mensch. Mit der Kunst? Violette Silhouette durch gelben Feuerreif? Oder mit Politik? Betroffenheit, Raumschiff Erde und Menschlichkeit? Damit nicht. Damit bestimmt nicht. Ingrid war furchtbar in Eile vorhin. Möchte nur wissen, was sie wieder für eine Sitzung hat – nein, es ist mir egal. Daß die Weiber dauernd Kurse besuchen müssen und Vereine gründen! Mir kann's ja wurscht sein, wenn sie keine Zeit mehr haben für ihre Kinder. Ich bin gerne Vater, erfülle meine Pflichten mit Freude.

Ich breitete meine Zingg-Notizen und das Archivmaterial auf dem Schreibtisch aus. Da geriet mir ein kleines, freundliches Büchlein in die Hände, das mir der Chef im Vorbeigehen aufs Pult geworfen hatte. Es roch gemütlich nach Bücherschrank. Auf dem Rücken stand in goldener Prägeschrift: *Werner Munzinger Pascha, sein Leben und Wirken.*

5

Bern, im März 1849. Werner ist siebzehn Jahre alt und studiert an der Universität Philosophie, Geschichte, Geographie, Arabisch und Hebräisch. Es ist kurz vor Mitternacht; zusammen mit seinem Bruder Walther sitzt er im Licht einer Petroleumlampe an einem Eichentisch. Walther ist vertieft in die Bundesverfassung, an der der Vater mitgeschrieben hat, Werner hat einen Stapel Bücher vor sich aufgetürmt und macht Notizen. Im Haus ist es still; die Eltern sind schlafen gegangen, das Dienstmädchen hat sich in die Dachkammer zurückgezogen. Die Standuhr schlägt stur den Takt, in der Ecke bullert der Holzofen, und vor dem Fenster hallen die Schritte eines späten Heimkehrers übers Kopfsteinpflaster.

Werner und Walther sind fleißige Studenten. In jener Nacht – wie in vielen zuvor und vielen danach – gehen sie überhaupt nicht zu Bett, sondern lesen Stunde um Stunde, bis zum Morgengrauen. Um sechs Uhr steht das Dienstmädchen auf. Es wundert sich über die zwei Söhne des Herrn Bundesrat und bringt ihnen Milchkaffee.

»*Es entstand zwischen Werner und mir ein veritabler Wettstreit, bei dem wir aber zusammenhielten*«, wird Walther sich später erinnern. »*Nickte der eine ein, schüttelte ihn der andere, und verfiel dieser dem Schlaf, weckte ihn der eine. So vergingen Tage und*

Nächte. Einmal geschah es, daß wir erst nach zweiundsiebzig Stunden ununterbrochenen Studiums die Köpfe sinken ließen und auf unseren Stühlen in tiefen Schlaf verfielen.«

6

Dieses verdammte Portrait. Ich gab auf. Heute wurde das nichts mehr, und morgen war auch noch ein Tag. Sowieso hatte ich mir vorgenommen, mich heute abend zu betrinken. Verschiebe nicht auf morgen, was du heute kannst besorgen. Ein richtig gründliches Besäufnis war jetzt, da der Kleine hier war, natürlich nicht mehr angezeigt; aber zwei oder drei Gläser zur Entspannung konnten nicht schaden. Ich sah noch rasch nach dem Kleinen – schlafen konnte er für eine Stunde auch ohne mich –, brachte das Baby-Phone hinüber zur Nachbarin und lief schräg über die Straße in den ›Ochsen‹, unsere Quartierkneipe. Sie war wie immer gut besetzt mit langjähriger Stammkundschaft – Leuten, die authentisch nikotingelbe Wände lieber mochten als dieses Pseudo-Terrakotta in mexikanischen In-Lokalen. An einem langen Holztisch machten der kleine Rocker Willy, der große Hippie Werni und zwei weitere Typen einen Schieber. Und da, am Ende des Tresens: Das war doch Polja, die schönste Rockerin der Stadt. Lange nicht gesehen. Merkwürdiger Name; die Legende besagte, daß ihr Vater Russe war, in die Schweiz geflohen aus irgendwelchen politischen Gründen und dann wieder verschwunden, vermutlich ebenfalls aus politischen Gründen. Polja war eine Attraktion mit ihren schwarzen Haaren, den dunklen Augen und dem undurchsichtigen Lebenswandel. Es gab Zeiten, da konnte man sie Abend für Abend sehen in dieser oder jener Altstadtkneipe, und dann gab es Wochen und Monate, in denen sie überhaupt nicht auftauchte. Meist war sie allein; und wenn sie Gesellschaft hatte, so waren es – ortsfremde Männer. Keiner im Städtchen wußte wirklich Bescheid über sie, obwohl sie hier geboren und aufgewachsen war. Bekannt war, daß sie als Industriefotografin viel Geld verdiente und alle paar Wochen nach Dubai oder Düsseldorf oder Shanghai flog und daß sie in der übrigen Zeit frei war zu tun, was sie wollte. Berühmt war auch ihr Motorrad, eine schnörkellose 76er Harley-Sportster, feuerwehrrot und blitzblank wie eine Nähmaschine. Ihre biographischen Eckdaten aber, die gewöhnlich jeder Kleinstädter vom anderen kannte – Jahrgang, Schulbildung, Zivilstand, exakte Wohnadresse, Vorstrafen, Umfang einer allfälligen *chronique scandaleuse* –, waren seltsamerweise unbekannt. Natürlich hätten sie sich in Erfahrung bringen lassen durch ein paar beiläufige Anfragen da und dort. Aber aus irgendeinem unausgesprochenen Grund tat man das nicht. Nicht bei Polja.

Stolz stand sie da, die breiten Schultern unter der schweren Lederjacke nach hinten gezogen, den langen Hals durchgebogen wie ein Schwan. Einer der vier Jasser bemerkte meine Blicke und stieß seinen Nachbarn an: »He, Willy, zieh doch wieder mal deine Guru-Guru-Nummer ab!«

Willy legte die Karten auf den Tisch, klemmte beide Daumen unter den Achselhöhlen fest und flatterte mit den Ellbogen. »Polja, schau her! Guru, guru! Ich bin ein Täubchen, ein Täubchen!«

Die Jasser lachten und grölten. Ich lachte mit, obwohl ich den Scherz nicht verstand. Polja bewahrte Haltung. Begeistert von seinem Erfolg, flatterte Willy weiter: »Guru, guru, ein Täubchen, ein winziges, liebes kleines Täubchen!«

Da machte Polja vier Schritte zu ihm hin, verpaßte ihm mit der flachen Hand zwei harte, schallende Ohrfeigen und stand auch schon wieder am Tresen bei ihrem Gin Tonic. Die drei Jasser brüllten vor Lachen. Der kleine Willy machte ein dummes Gesicht, flatterte der Form halber noch zwei Mal mit den Armen und machte »Guru-Guru!«

Jetzt regte sich Unmut an den Tischen ringsum. Dort saß seit Mitte der siebziger Jahre eine einheitliche Masse von Studenten, Sozialarbeitern und Hobbymusikern beiderlei Geschlechts, die alle verfärbte Baumwollkleider trugen und bunte Strähnen im glanzlosen Haar. Sie lasen die ›Weltwoche‹, rauchten ›Parisienne mild‹ und saßen so dicht beieinander, daß kaum zu sehen war, wo ein Leib aufhörte und der nächste begann. Alle waren sie einträchtig empört über Willys schlechtes Betragen und Poljas Gewalttätigkeit. Aus einem Dutzend Münder fauchte es: »Primitiv ... was soll das ... laßt sie doch ... immer die gleichen ...«

Polja achtete nicht darauf. Der kleine Willy aber schaute auf die Münder, suchte einen auszumachen, der lauter sprach als die anderen oder deutlicher oder frecher. Er wurde nervös, sein Blick sprang hin und her, aber das Monster war nicht zu greifen, formlos, weich und nachgiebig und gerade deshalb furchterregend. Willy warf seinen Stuhl zur Seite, rammte mitten im Lokal die Stiefel in den Boden und schrie: »Was ist los? Hat jemand etwas gesagt? Dann soll er herkommen!«

Einen Moment war es still. Gefährlich still. Da rief eine Frauenstimme aus der Tiefe des Saals: »Kann ich bitte einen griechischen Salat haben?«

Polja lachte auf, und dann lachte das Monster aus all seinen Mündern, zerfiel im Gelächter zu Einzelmenschen, die eine Zeitung holten, zur Toilette gingen, den Platz wechselten oder sitzenblieben. Willy stand verloren da, der Feind hatte sich in Luft aufgelöst. Links und rechts wieselten Studenten und Sozialarbeiter an ihm vorbei. Seine drei Jaßfreunde brummten gutmütig. Der große Hippie Werni teilte Karten aus und rief: »Komm, Willy, machen wir weiter.«

Nach dem zweiten Bier ging ich zur Toilette. Ich hatte mich kaum vor dem Pissoir aufgestellt, als schon Werni neben mir stand.

»Du, was hat das auf sich mit dieser Guru-Guru-Geschichte?«

»Jaaa«, sagte er und schloß genießerisch die Augen. »Das ist gar nicht lustig. Polja hat kürzlich eine Taube zu Tode getrampelt.«

»Was?«

»Eine Taube plattgemacht. Sprang bei der Stadtkirche vom Mäuerchen – gegenüber vom Kaufhaus, du weißt schon, wo. Keinen halben Meter hoch, aber für die Taube hat's gereicht. Hatte keine Zeit mehr wegzufliegen, das blöde Vieh. Und Polja trug ihre Fallschirmspringerstiefel.«

Ich war beeindruckt. Hatte Poljas Fuß das Bersten der dünnen Rippenknochen gefühlt, durch die Gummisohle ihres Fallschirmspringerstiefels hindurch? War der Vogel geplatzt wie eine überreife Traube, waren Gedärme und Darminhalt auf den Asphalt gespritzt? Und als Polja erschrocken den Fuß hob: War da die Hälfte der Taube hängengeblieben im tiefen Sohlenprofil des Stiefels? Hatte Polja vom nahen Kastanienbaum einen Ast abgebrochen, um Gehirnmasse, Schädeltrümmer, Federn, Haut, Schleim und Knochen herauszuklauben? Und wer hatte schließlich den Gehsteig geputzt?

Zurück am Tresen, bestellte ich zwei Gläser für Polja und mich.

»Tut mir leid wegen der Taube. Scheußliche Sache.«

»Das geht dich einen Dreck an.«

»Tauben sind Schweineviecher, weißt du? Keiner traut sich das zu sagen, aber es ist so.«

»Yep.«

»Wenn man sie so anschaut, hält man sie für die unschuldigsten Wesen der Welt. Symbole des Friedens. Zu dumm und friedfertig, um auch nur einen Regenwurm anzugreifen, auf Gedeih und Verderb auf das harte Brot angewiesen, das der Mensch ihnen zuwirft. Aber das ist falsch.«

»Aha.«

»In Wirklichkeit sind das gefährliche Tiere.«

»Sicher.«

»Raffiniert und hinterhältig, verstehst du?«

»Aber klar.«

»Deine Taube wollte dich umbringen, Polja. Statt dessen hast du sie erwischt. Sie hat Pech gehabt und du Glück. Langweile ich dich?«

»Du bist ja besoffen, Max. Es war eine Taube. Kein Panther oder so.«

»Die wollte dich umbringen, wenn ich es doch sage. Wollte vor dir hochflattern und dich aus dem Gleichgewicht bringen, damit du abstürzt und sie dein Gehirn aus den Trümmern deines Schädels picken kann. Tauben sind so. Das ist wissenschaftlich erwiesen.«

»Ach ja?« Polja warf mir aus den Augenwinkeln einen amüsierten Blick zu.

»Tatsache. Die Viecher sind so programmiert worden vor Jahrmillionen, als sie noch in den Felsen hockten und es keine Städte gab. Lebten professionell davon, daß sie Säugetiere aus dem Gleichgewicht und zum Absturz brachten.«

Jetzt wandte sich Polja ganz mir zu und musterte mich langsam von unten bis oben. Sie war wirklich die Schönste.

»Wissenschaftlich erwiesen, wie?«

»Sicher.«

»Hast du noch mehr lehrreiches Zeug auf Lager?«

»Ich weiß, wie man leckende Spülkästen in Ordnung bringt.«

»Großartig.«

»Und was bei Säuglingen gegen Verstopfung hilft.«

»Ein Universalgelehrter. Wie mein Großvater.«

»Das freut mich. Meine Oma hatte leider kein Motorrad.«

»Schade. Dann sollten vielleicht wir beide mal zusammen ausfahren, was meinst du?«

Bevor ich antworten konnte, verschwand Polja durch die Tür. Im Fenster sah ich, wie ein Scheinwerfer aufleuchtete. Dann wummerte der Baß einer 76er Sportster durch die Nacht, wurde leiser und verstummte.

7

Im Kinderzimmer schnarchte friedlich der Kleine, die grüne Lampe des Baby-Phons vermeldete keine besonderen Vorkommnisse. Ich schaltete den Sender aus, ging zu Bett und löschte das Licht. Ich fühlte, daß ich lange nicht einschlafen würde. Nachdem Polja gegangen war, hatte ich mein Glas stehen lassen und war nach Hause gegangen. Früher hatte das Saufen solchen Spaß gemacht. Eine ganze Jugend lang war Alkohol mein treuer Freund und Seelendoktor gewesen, unerschöpflicher Quell philosophischer Inspiration, Zaubertrank für stundenlanges Gelächter und zuverlässige Brücke über die schwarzen Löcher, die da ständig kalt und saugend lauerten an den Rändern meines ansonsten gefahrlosen Lebenswegs. Natürlich wurde man mit den Jahren gewitzter und tappte nicht gleich in jede Falle. Man vermied etwa allzu lange Blicke in den Sternenhimmel, Spitalbesuche und den Anblick ergrauter Rauhhaardackel, die sich rheumatisch über den Gehsteig quälen. Aber immer wieder taten sich Löcher auf an den unvermutetsten Orten – beispielsweise an jenem Abend vor vielen Jahren, an dem Ingrid und ich unsere erste gemeinsame Wohnung bezogen hatten. Wir standen müde, aber glücklich im Badezimmer und putzten uns Schulter an Schulter die Zähne. Ich hatte schon alle meine Zähne doppelt abgebürstet, als Ingrid immer noch am dritten Backenzahn oben links herumpolierte. Ich spuckte die Zahnpasta aus und beobachtete, wie der Schaum im Ausguß verschwand. Mein Blick verlor sich in diesem Dunkel, das kein Sonnenstrahl jemals erhellt; ich ahnte die Kälte jener Tiefe, spürte den Sog des schwarzen Lochs, das kraft seiner Gravitation alle Illusionen von Liebe und Licht verschluckt, erschrak ob der Zartheit der Lebensfäden, die mich – wie lange noch? – vor dem Fall in jenen bodenlosen Ausguß bewahrten. Voller Entsetzen wich ich vom Waschbecken zurück.

»Wasch isch losch?« fragte Ingrid. Und weil ich schwieg und sie trotzdem verstand, hatte sie mit ihren Husky-Augen gelacht und mir ihre freie Hand auf den Nacken gelegt.

Ich lag also im Bett und roch an meiner frischen weißen Bettwäsche, lauschte dem Rauschen der Heizungsrohre und dem Wummern meines Herzschlags und wartete auf den Schlaf. Plötzlich dröhnte ein Motorrad durch die Nacht, wurde schnell lauter und verstummte. Dem Geräusch nach zu urteilen konnte es gut eine 76er Sportster sein. Ich beschloß, mir keine weiteren Gedanken zu machen, vergrub mich tief in Daunendecke und Kopfkissen und drehte mich gegen die Wand. Aber dann: Waren das nicht Schritte im Treppenhaus? Schritte von Fallschirmspringerstiefeln? Das ist der Vorteil von Altbauten, in denen die Außentür nicht zuschnappt, dachte ich. Dann ging die Wohnungstür auf, und jemand lief leicht und schnell durch den Flur. Einen Moment blieb es still. Was sollte ich tun? Liegenbleiben mit dem Gesicht zur Wand und mich schlafend stellen. Die Schritte kamen näher. Ich rührte mich nicht und gab mir Mühe, gleichmäßig zu atmen. Knurrend ging ein grober Reißverschluß auf – vielleicht die Lederjacke. Dann folgte allerhand seidenes Gezischel und Geraschel, und dann liefen zwei bloße Füße auf mein Bett zu. Der Atem geriet mir aus dem Takt, als meine Decke hochgehoben wurde und jemand sich neben mich legte. Ich fühlte zwei Brustspitzen am Rücken, zwei kalte Füße an meinen Füßen, eine leichte Hand auf meiner Seite und offene Lippen, die mir den Nacken hoch ins Haar fuhren.

Im Morgengrauen erwachte ich, weil vor meinem Haus ein Motorrad dröhnte. Gut möglich, daß es eine 76er Harley-Sportster war.

8

Um Viertel nach acht holte Ingrid den Kleinen ab, und zehn Minuten später lief ich die Eisentreppe hoch zur Redaktion der ›Oltner Nachrichten‹. An der Eingangstür schlug ich mir fast den Schädel ein. Die Tür war wieder einmal verschlossen, und ich hatte meinen Badge nicht dabei, meinen elektronischen Schlüssel. Durch die Panzerglasscheibe schaute ich hinein zum Empfangsschalter. Ich hatte Pech: Heute saß Frau Studer am Empfang. Frau Studer sah mich nicht. Frau Studer übersah jeden, der blöd genug war, seinen Badge zu Hause liegenzulassen. Ich fuchtelte mit beiden Armen – Frau Studer sah mich nicht. Ich klopfte an die Scheibe – Frau Studer hörte mich nicht. Da setzte ich mich schuldbewußt und demütig auf die Eisentreppe – und jetzt sah mich Frau Studer. An der Tür summte es eine Zehntelsekunde, dann war das Schloß offen. Ich trat ein, schlug den Blick nieder, murmelte »Danke« und wollte unauffällig an Frau Studer vorbeihuschen.

»Herr Mohn!« rief sie, ohne von ihrem Kreuzworträtsel aufzuschauen. Ihre Stimme war eine entsicherte Handgranate. »Der Chef erwartet Sie seit zwölf Minuten!«

Der Chef war tief über seinen Schreibtisch gebeugt. Mit spitzen Fingern stellte er eine Komposition von Güterwaggons hinter der Ae 3/6 aufs Gleis.

»Na, Max – hast du dein Portrait geboren?« brüllte er, ohne von seiner Arbeit aufzuschauen.

»Nein.«

»Noch nicht fertig?«

»Chef ...«

»Sprich dich aus, Max. Sprich einfach. Ich kann es nicht ausstehen, wenn die Leute rumdrucksen.«

»... ich möchte das Zingg-Portrait nicht schreiben.«

Jetzt schaute der Chef doch auf. Er legte die Güterwaggons hin und lehnte sich in seinem Sessel zurück. »Du willst nicht?«

»Lieber nicht.«

»Du willst überhaupt nichts über den alten Zingg schreiben?«

»Nein.«

Der Chef sah mich mitleidig an. »Du empfindest einen gewissen Ekel – ist es das?«

»Ja.«

»Du möchtest keine Werbung machen für diesen kleinkarierten Kulturspießer?«

»Nein.«

»Du möchtest gerne selber glauben können, was du berichtest? Du hast die Hoffnung noch nicht aufgegeben, daß es sinnvollere Dinge gibt, über die du schreiben könntest?«

»Ja.«

»Und auf keinen Fall willst du den Hampelmann spielen für meinen Schulkameraden Zingg und mich – ist es das?«

»Genau.«

»Und überhaupt geht dir die korrupte Medienwelt

auf den Keks? Und sowieso mußt du dir überlegen, ob du nicht doch zurück an die Uni sollst und dein Studium abschließen? Aber das willst du auch nicht, weil der akademische Selbstzweck dir noch spießiger vorkommt als der alte Zingg und ich?«

»Richtig.«

»Aber eigentlich hast du das alles schon mit sechzehn gewußt? Und du denkst oft: Wenn du nur in die Südsee geflohen wärst, wie du das damals vorhattest?«

»Jawohl.«

Da stand der Chef auf, lief um seinen Schreibtisch und umarmte mich.

»Ach, Max! Ich verstehe dich – wenn du wüßtest, wie gut ich dich verstehe! Ich verstehe dich wirklich, ach Gott! Was glaubst du, wie *ich* mich manchmal fühle? Meinst du, *mir* macht das alles immer Spaß hier? Ach, wie gut ich dich verstehe! Geh, Max, geh raus aus dem Büro und an die frische Luft!«

Überrascht schaute ich den Chef an. »Und das Portrait?«

»Geh, sage ich! Geh an die frische Luft, das hilft immer, wenn man den Koller hat! Mach dir einen schönen Morgen, tu irgendwas, das dir Spaß macht. Geh in die Sauna! Kauf dir eine Schallplatte! Iß ein Stück Schwarzwäldertorte! Kauf neue Lautsprecher für dein Autoradio! Und am Nachmittag kommst du wieder her und schreibst das Portrait. Hundertachtzig Zeilen, ja? Sei so gut, bitte.«

9

20. Juli 1852. Der brandneue Schnellzug Alexandria – Kairo dampft auf glühenden Geleisen durchs Nildelta. Auf den heißen Blechdächern der Waggons sitzen die Passagiere dritter Klasse, ägyptische Bauern und Handelsleute. Der Rauch der Dampflok schlägt ihnen entgegen, mit großen baumwollenen Tüchern schützen sie ihre Ware vor der Mittagssonne. Unter dem Blechdach befinden sich die Abteile erster und zweiter Klasse. Hier sitzen die Mächtigen des Landes: die türkischen Soldaten, die Ägypten mit ihren Krummsäbeln im Namen des Sultans besetzt halten, und die britischen Geschäftsleute, die den Vizekönig von Ägypten, den Khediven, mit Geld gefügig machen.

Mitten unter ihnen befindet sich Werner Munzinger. Er ist jetzt zwanzig Jahre alt, spricht nach drei Jahren Studium fließend Arabisch und Hebräisch und will seine Kenntnisse mit einem Sprachaufenthalt in Kairo vervollkommnen. In seiner Brusttasche steckt sorgfältig verstaut ein Wechsel des Vaters, der für ein halbes Jahr reichen soll. Werner schaut aus dem Fenster. Endlos ziehen die Weizen- und Baumwollfelder vorbei, auf denen die Bauern viermal jährlich ernten können. Ab und zu taucht ein Dorf aus ungebrannten Lehmziegeln auf. Zäune sind in der ganzen weiten Ebene nicht zu sehen. Damit das Vieh nicht wegläuft, binden die Bauern ihre Tiere einfach aneinander. Werner sieht einer solchen Karawane hinterher: Zuvorderst grast ein Wasserbüffel, hinter ihm ein Kamel, zuhinterst ein Maulesel.

Stunden später fährt der Zug in Kairo ein, und Werner steigt aus. Ins Hotel will er jetzt noch nicht. Sein kleiner Koffer ist leicht genug für einen ausgedehnten Stadtrundgang. Kairo ist am späten Nachmittag ein einziger großer Jahrmarkt. Alle Welt trifft sich in den Straßen, um Handel zu treiben oder einen Schwatz zu halten. Die Fenster der Häuser haben hölzerne Erker und in deren Mitte kleine quadratische Luken, aus denen da und dort eine verschleierte Gestalt in die Gasse hinunterspäht. Viele Straßen sind hoch oben von einer Häuserzeile zur anderen mit Binsenmatten überdacht, so daß es unten auf dem Pflaster angenehm schattig und kühl ist. Werner bahnt sich seinen Weg durch das Gewimmel. Bei jedem Schritt muß er einem Entgegenkommenden ausweichen, alle paar Meter einen Straßengraben überspringen oder einen am Boden liegenden Bettler umgehen. ›Wer hier blind ist, hat nichts zu lachen‹, denkt Werner, und er sieht Hunderte von Blinden – Männer, Frauen und Kinder – an sich vorbeiziehen; wie zerstochenes Eigelb sind ihre Augen ausgelaufen, als ein böser Wurm von innen ihre Augäpfel erreichte. Plötzlich kommen zwei Diener angerannt und vertreiben mit silberbeschlagenen Bambusstäben die Menschen von der Straße. Sie machen Platz für die türkische Kutsche, die viel zu schnell durch die enge Gasse fährt. Der Kutscher schreit, im Innern lehnen sich die vornehmen Türken stolz zurück und schauen mit Eroberermiene auf das Volk hinab. Werner geht weiter und gelangt in einsamere Viertel, wo viele Häuser leer stehen und aus schwarzen Fenstern drohend auf die Straße starren. Vorsichtig betritt er Ruinen von Moscheen, deren Kuppeln eingebrochen sind und die rasch wieder zum Wüstenstaub zerfallen, aus dem sie geformt wurden. Endlich kommt er zur Zitadelle, der trotzigen Burg, die der mächtige Sultan Saladin vor siebenhundert Jahren hoch über der staubfarbenen Stadt errichten ließ. Im Hotel schreibt Werner ins Tagebuch:

Dort oben stand ich auf der Citadelle von Cairo, wo Mohammed Alis Grabmoschee auf die verfallende Stadt hinuntersieht. Es war ein Abend, wie sie der Orient so wunderklar hat. Noch stand die Sonne über dem Horizont, und ihre Strahlen hingen im Scheiden an den Hunderten von Minaretts. Es war ein Anblick, eigentümlich schön, herrlicher, als was ich je gesehen: dort im Westen der über die Ufer getretene meergleiche Nil, der alte Befruchter des Landes; noch weiter gegen Abend die in den Wüstensand scharf gezeichneten Pyramiden, die schon andere Zeiten gesehen haben und noch manche Stadt und manches Volk vergehen sehen werden, und hier unter mir Kahira, die siegreiche Stadt der Kalifen. Welch ein Kontrast, dort das Sinnbild der Ewigkeit, hier der Vergänglichkeit! – Die Sonne sank: Es dunkelt schnell im Orient. Da erhob sich mit Silberklang die Stimme des Gebetsrufers vom nächsten Minarett, und Hunderte ahmten ihn nach, singend: ›Allahu akbar! Gott ist groß! O Gläubige, betet: Es gibt nur einen Gott, und Mohammed ist sein Prophet!‹

Und Millionen beten zur selben Stunde im selben

Glauben zum selben Gott in feierlichem Lobgesang. Die Töne steigen und fallen, wie sich die Betenden beugen und erheben; bald steigert sich der Choral zu den höchsten Brusttönen und füllt jauchzend die hohen Gewölbe, bald sinkt er hinab in melancholisches Alt und wird zu einem geisterhaften Murmeln und scheint zu ersterben. Dann erhebt er sich von neuem, Männer und Knaben unisono, und erlischt wieder, bis er sich in die eintönigen Schlußformeln auflöst. In dem von düsteren Lampen ungebrochenen Dunkel können die Töne ungestört zum Herzen vordringen. – Wann werden die Tage kommen, wo diese Stimmen schweigen, Cairo in Schutt liegt und im Lande der Muselmanen Europäer Gesetze geben? Wann wird dem Abendlande selbst die Stunde der Vernichtung schlagen? – Ich war erschüttert, ich mochte weinen.

10

Geh an die frische Luft und mach dir einen schönen Morgen, hatte der Chef gesagt. Ich lief an Frau Studer vorbei, die ihre Handgranaten durch den Telefonhörer einem unbekannten Opfer entgegenschleuderte. Mach dir einen schönen Morgen – gar nicht so einfach an einem eisigen Wintertag, wenn man weder Gleitschirm noch Delta fliegt, Schwarzwäldertorte nicht mag und keinerlei Vergnügen am Erwerb von Unterhaltungselektronik empfindet. Ich schlenderte stadteinwärts und überholte eine Schlange schleichender Autos, deren Leiber in der fahlen Morgensonne glänzten. In der Fußgängerzone stand ein Mann mit einer schwarzen Schreibmappe. Er hatte schwarze Augenringe und sah aus wie jemand, der viel älter aussieht, als er ist. Ich wechselte die Straßenseite, um ihm nicht zu nahe zu kommen. Der Mann wechselte ebenfalls die Straßenseite. Ich kehrte zurück auf meine ursprüngliche Seite. Er tat es mir nach. Da gab ich auf und ließ mich auf ihn zutreiben.

»Guten Tag«, sagte der Mann und sah mich mit umschatteten Augen durchdringend an. »Haben Sie einen Moment Zeit?«

Ich brachte es nicht über mich, nein zu sagen. Er öffnete seine Mappe und zeigte mir Fotos von Kindern mit aufgeschlitzten Bäuchen, von Frauen, die mit einem Stück Stacheldraht um den Hals an einem Baum hingen, und von toten nackten Männern mit eitrigen Wunden am ganzen Körper. Das seien alles Leute aus seinem Dorf, sagte der Mann in brüchigem Deutsch, und er kämpfe gegen die Soldaten, die das getan hätten. Ich kämpfte gegen nichts als meine Übelkeit, stellte zwei oder drei Fragen, und dann gab ich ihm zum Abschied zehn Franken.

Am Ende der Fußgängerzone führte mein Weg über die alte Holzbrücke. Abrupt blieb ich stehen: Im Gebälk des Ziegeldachs hockten Hunderte von Tauben, gleichmäßig verteilt über die ganze Länge der Brücke. Mißtrauisch beobachtete ich die Viecher im Halbdunkel, wie sie mit ihren runden Köpfen ruckelten und die roten Augen rollten. Welchen Plan hatten sie diesmal ausgeheckt? Soviel war klar: Solange sie in der Höhe saßen, konnten sie mich nicht durch plötzliches Aufflattern aus dem Gleichgewicht bringen. Ich hörte zu, wie sie mit ihren verkrüppelten Füßen über die Balken tippelten, ich lauschte auf das schabende Geräusch der Federn, die über schuppige Taubenhaut strichen, ich ahnte den beständigen Nieselregen von abgestorbenen Hautpartikeln, schlierig-weißem Kot und mannigfaltigen Krankheitserregern – und ich beschloß, diese Brücke nicht zu überqueren. Entschlossen drehte ich mich um.

Ziellos ging ich die Fußgängerzone wieder hoch. Der Mann mit den Augenringen ließ mich diesmal passieren, denn ich hatte meinen Wegzoll entrichtet. Aber schon wenige Schritte weiter wurde ich erneut aufgehalten. Zu meiner Linken hatte ein Reisebüro drei Pyramiden aus Karton ins Schaufenster gestellt. Auf der mittleren Pyramide stand in fetten Lettern:

»PREIS-SCHOCKER«, und darunter: »3 Tage Kairo nur 585,–«

Türe auf, Türe zu. Eine Frauenstimme: »Guten Tag. Womit kann ich Ihnen dienen?«

»Ich will nach Ägypten.«

»Aber gern.« Papiergeraschel. »Wir haben hier eine dreiwöchige Nilfahrt von Kairo über Luxor bis nach Assuan für 4857,–, oder da eine zehntägige Kreuzfahrt auf dem Roten Meer inklusive Badespaß am Sinai für 2987,–, oder den Wüstentrip mit Kamel für ...«

»Ich will den Preis-Schocker. Drei Tage Kairo für nur 585,–«

»Ach, Sie meinen das Angebot im Schaufenster. Nun, das würde ich Ihnen offen gestanden nicht empfehlen. Drei Tage sind doch etwas kurz für ein so großartiges Land wie Ägypten. Und bedenken Sie, daß die Preise ...«

»Ich will den Preis-Schocker.«

»... nur wegen der Bombenattentate der Islamisten so niedrig sind. Die Hotels in Ägypten stehen halb leer, weil die Amerikaner und die Briten ausbleiben. Dabei besteht längst keine Gefahr mehr. Sie sollten sich wirklich mehr Zeit nehmen und ...«

»Ich habe kein Geld und keine Zeit. Ich will den Preis-Schocker.«

»... auch an die Umwelt denken. Diese Pingpong-Flüge sind ökologisch betrachtet ...«

»Ich will den Preis-Schocker! Verdammt noch mal!«

Papiergeraschel. »Wann möchten Sie reisen?«

»Sofort.«

»Heute?«

»Jetzt gleich.«

Geklapper einer Computertastatur. Dann die Frauenstimme, hörbar abgekühlt: »Ich kann Ihnen für heute nachmittag einen Last-Minute-Flug Zürich-Kairo retour für 285,– anbieten, zwei Übernachtungen mit Halbpension im Hotel Carlton inklusive. Aber Sie müssen in ... fünfundsiebzig Minuten am Flughafen sein. Paßt Ihnen das?«

Zweiundsechzig Minuten später stand ich mit meiner Reisetasche vor dem Check-in-Schalter. Ich war umzingelt von alten Menschen, die alle damit beschäftigt waren, auf ihre gewaltigen Koffer achtzugeben, die sie auf quietschenden Gepäckwagen vor sich herschoben. Wenn sich die Senioren auf die bevorstehende Reise freuten, so ließen sie sich das nicht anmerken. Vielmehr schien jeder in Sorge zu sein, daß das Flugzeug ohne ihn abheben könnte oder daß links oder rechts ein Gepäckwagen überholen könnte. Wieder einmal wunderte ich mich darüber, wie traurig manche alten Menschen riechen. Der Atem meiner Reisegefährten roch nach Mißgunst und dem Staub auf vergessenen Kellerregalen; ihre Kleider verströmten den Geruch von Mottenkugeln und ängstlichem Kleinmut; unter plissierten Polyesterröcken müffelte es hervor nach Bigotterie und Doppelmoral, und aus hellgrauen Hosen dampfte der Dünkel jahrhundertealter Wohlanständigkeit. ›Lieber Gott‹, dachte ich und schloß die Augen zum Gebet. ›Bewahre mich armen Sünder vor diesem Schicksal. Falls Du vorhast, mich irgendwann zum Greis zu machen, so bitte ich Dich: Schenk mir Alterscharme und Lebensweisheit, o Herr, damit ich der Jugend zu Gefallen sein kann. Und falls das nicht möglich sein sollte aus genetischen oder anderen Gründen, ruf mich rechtzeitig zu Dir. Ich bitte Dich, gütiger Vater: Laß mich diese Kneipe hienieden verlassen, solange ich aufrecht gehen kann. Ruf mich nach Hause, wenn Feierabend ist.‹

Zweiundneunzig Minuten später strömten wir ins Flugzeug. Sitz Nummer 18 f war ein Fensterplatz. Ich setzte mich hin und beobachtete, wie auf der Rollbahn winzige Autos zwischen den Silbervögeln hin und her wieselten. Ein Tankwagen fuhr vorbei. Hübscher Tankwagen, rotweiß kariert. Sind doch alles kleine Jungs, diese Flughafenleute. Wären gern Piloten geworden und haben's nicht geschafft. Jetzt malen sie rotweiße Karomuster auf die Tankwagen. Dann rollte unser Flieger auf die Startbahn, die Beschleunigung drückte mich freundlich in den Sitz, und als wir die Wolken durchstießen, schlief ich zufrieden ein.

11

Sommer 1853. Ein Jahr ist vergangen, der Wechsel des Vaters aufgebraucht. Werner Munzinger nimmt Abschied von Kairo und läuft zum Bahnhof. Aber sein Zug fährt nicht nach Alexandria, wo die europäischen Schiffe ankern, sondern in die entgegengesetzte Richtung, nach Suez am Roten Meer. Dort liegt eine kleine, kaum zehn Meter lange Barke im Hafen und wartet auf den blonden Jüngling, der bemerkenswert gut Arabisch spricht und seinen Anzug längst gegen die Galabiya, das lange Gewand der Araber, eingetauscht hat. In Werners Gepäck befinden sich zwei Pistolen, ein Säbel und ein Brief von seinem Bruder Walther.

4. Juni 1853

Lieber Werner!
Dein gewaltiges Unternehmen hat uns so in Alarm versetzt, daß ich gewiß jetzt noch nicht zu einem ruhigen Worte mit Dir kommen könnte. Was bin ich doch für ein armseliger Bursche! Einer, wie's noch Millionen gibt, und der doch anders sein möchte als diese Millionen – aber dieser Nebel in unserem grauen Heimatland drückt mich nieder. Du hingegen bist im Land des Sonnenscheins! Du wirst ungesehene Küsten und Länder sehen, das Rote Meer mit seinen ersoffenen Ägypterbäuchen, den zornigen Sinai, Ara-

bien, Arabien, das größte Prophetennest – Du, ein einundzwanzigjähriger Alexander, eroberst die Welt, Du Kreuzfahrer mit der glutvollen Wißbegierde im Herzen, Deinem unerforschlichen, mächtigen und sehnlichen Drange folgend, unser Leben mit seinen nichtswürdigen Tagtäglichkeiten abzuschütteln. Nach Arabien, nach Arabien ins Land der ... Ich weiß nicht mehr, wie's im Studentenlied heißt; ich besinne mich nur, daß es schließt: »Und wo die Karawane klagt.«

Ob ich mit Dir ziehen möchte? Oh, frage mich das nicht, es drückt mir die Kehle zusammen; mit einem Riesensprunge wollte ich alles überwinden, was mich von Dir trennt. Ich wollte es – und doch sollte es nicht sein. Du hast Dir Dein Glück mit eiserner Beharrlichkeit und Geschicklichkeit erkämpft, während ich Deinen energischen Reiseprojekten widerstrebte. Ich wollte der Verständige sein, der nirgends anstößt und beleidigt, und habe Dich alleine übers Meer ziehen lassen. Du siehst, wie mir ist: Wie glücklich wäre ich, Dein Los zu teilen und mein gewiß paisibleres Leben an den Nagel zu hängen.

Und Du, denke nicht an Gefahren, denke nicht an die Furcht; es klang mir eine Stelle in Deinem letzten Brief so trüb und traurig, daß ich sie nicht wiederholen möchte. Denn es sagt mir ja mein Herz, daß wir dereinst zusammenleben werden, »fern vom Weltgeräusche«, wie Du es Dir wünschst. Dann werden wir in einem schattigen Gartenhäuschen an schönen Abenden bei einem Becher glühroten Weines und feinem türkischen

Tabak zusammensitzen und uns unterhalten über Deine Weltreise, Deine Erlebnisse und Deine neuen Ideen ... Was alles kommt mir da in den Sinn! Aber schau, das sage ich Dir – es wird einmal so sein: Wir kommen und müssen wieder zusammenkommen, und sei es in Deinem Arabien selbst. Jedenfalls, wenn Du als Handlungsherr einmal einen faulen Commis nötig hast, so schreibe mir nur; wenn die Jurisprudenz keinen goldenen Berg bringt, und das wird sie schwerlich, so fliegt der Vogel doch noch einmal aus.

Schick uns ja fleißig Nachrichten über Dich und trage Sorge zu Dir, sei vorsichtiger, als Du je warst, denn wir wollen Dich wieder einmal gesund und frisch in unserem Familienkreis aufnehmen.

Dein Bruder Walther

Werner soll im Auftrag der französischen Handelsgesellschaft Dupont & Cie. alle großen Marktplätze am Roten Meer besuchen und nach günstigen Geschäften Ausschau halten. Bei Sonnenuntergang geht er an Bord, nach Mitternacht kommt endlich die Flut. Die sechs arabischen Matrosen setzen die Segel und lichten den Anker, und dann treibt die Nußschale aufs offene Meer hinaus. Es weht ein günstiger Nordwind, das Schiff kommt unter dem Sternenhimmel rasch voran. Werner Munzinger schläft nicht in dieser Nacht. Er setzt sich zuvorderst in den Bug, entkorkt eine Flasche Honigwein und beobachtet, wie rechts die Küste Afrikas und links die Berge des Sinai vorbeiziehen. Schon bald ist es still auf dem Boot. Die Matrosen schlafen im ungedeckten Schiffsrumpf, nur durch wenige Zentimeter Holz getrennt vom gurgelnden Wasser. Einzig der Steuermann steht aufrecht auf seinem kleinen Achterdeck, hält das Steuerruder fest eingeklemmt zwischen Brust und Oberarm und singt ein trauriges Lied von Liebe und Tod.

Werner hört ihm und dem Plätschern des nachtschwarzen Wassers zu. Die kühle Meeresbrise ist eine Wohltat nach dem langen Wüstensommer in Kairo. Aber hat er wirklich die richtige Entscheidung getroffen? Dupont & Cie. bezahlt ihn gut für die Expedition. Sind ja auch auf ihn angewiesen, die Franzosen, die ums Verrecken keine Fremdsprachen lernen. Aber daß es ausgerechnet eine Handelsreise sein muß! Ein Händler, ein Krämer will er ja nun wirklich nicht werden, da hätte er gleich in Tante Ursulas Spezereiladen Seife, Kerzen und Gewürze verkaufen können. Andererseits: das Rote Meer, Arabien, Afrika! Immerhin ist er unterwegs zu den weißen Flecken auf der Landkarte, gänzlich fremde, unbekannte Orte wird er sehen. Obwohl: Was heißt schon fremd, unbekannt! Überall leben Menschen, und allen ist ihre eigene Heimat ganz selbstverständlich und vertraut. Man kann gehen, wohin man will, jeder Ort ist überzogen mit tausendjähriger Geschichte. Ein wirklich gänzlich neuer, jungfräulicher Ort – das könnte nur ein Ort sein, an dem noch nie eine Menschenseele hauste. Aber ein Ort ohne Menschen wäre doch kein wirklicher Ort. Und doch ...

Werner weiß, was auf ihn zukommt. Das Rote Meer ist voller Klippen und heimtückischer Sandbänke, der Grund bedeckt mit vermodernden Schiffen und den

Leichen unglücklicher Seeleute. Die Küste ist auf der afrikanischen wie der arabischen Seite wüst und wasserarm, bewohnt von Skorpionen, Schlangen und räuberischen Beduinenvölkern. Aber die Natur hat diesen Landstrich auch reich beschenkt, und Werner Munzingers Einkaufszettel ist lang: Gummi, Myrrhe, Weihrauch; Perlen, Perlmutt und Schildpatt; Durra, Reis, Datteln; Baumwolle, Kaffee, Pfeffer.

Ein Schwarm von sieben Delphinen überholt das Schiff. Bald wird es hell über dem Sinai. Und da versteht Werner Munzinger, woher das Rote Meer seinen Namen hat: Denn während das Wasser noch immer nachtschwarz unter den Schiffsbohlen gurgelt, entzünden sich die eisenhaltigen Sandsteinfelsen in brennendem Rot. Als die ersten Sonnenstrahlen das Schiff treffen, wachen die Matrosen auf, und Werner legt sich endlich schlafen im Schatten des Segels.

Irgendwann geht ein Ruck durch das Schiff. Werner schlägt die Augen auf und sieht weißgetünchte Häuser, eine Menschenmenge – und zum Greifen nahe einen Esel.

»Steuermann! Wo sind wir? Warum haben wir angelegt?«

»Wir sind im Hafen von El Tûr, Herr, am Fuß des Sinai. Die Matrosen sind hier zu Hause. Sie sind an Land gegangen, um ihren Frauen und Kindern Lebewohl zu sagen.«

»Wann kommen sie wieder?«

»Nicht vor morgen früh. Es steht uns eine lange und gefahrvolle Reise bevor.«

Werner steht auf und klettert die Strickleiter hoch auf den Quai. Neben dem Esel kauert ein faltiges

Männchen mit weißem Spitzbart. Werner zieht eine Silbermünze hervor. »Leihst du mir deinen Esel, Väterchen?«

»Kommt drauf an, was du mit meinem Esel anstellen willst, Söhnchen.«

»Reiten will ich deinen Esel. Ist dir das recht?«

»Kommt drauf an, wohin du meinen Esel reiten willst.«

»Das weiß ich nicht, Väterchen. Ich werde einfach drauflosreiten und schauen, wohin dein Esel mich trägt.«

»Dann leihe ich dir meinen Esel nicht. Mein Esel will, daß man ihm den Weg zeigt.«

»Aber ich kann deinem Esel den Weg nicht zeigen, weil ich mich hier nicht auskenne. Schau, Väterchen: Mein Schiff ist eben erst angekommen, ich bin zum ersten Mal in meinem Leben hier, und morgen früh fahre ich weiter.«

»Dann brauchst du meinen Esel nicht.«

»Hab Erbarmen, Väterchen! Ich bin allein auf dem Schiff, und in der Stadt kenne ich keine Seele. Wenn du mir deinen Esel nicht leihst, langweile ich mich zu Tode.«

Der Alte schaut müde aufs Meer hinaus. »Wenn du kein Ziel hast, brauchst du meinen Esel nicht.«

»Dann gib du mir ein Ziel! Sag mir, wohin ich reiten soll, und ich werde auf direktem Weg dorthin reiten – wenn du mir deinen Esel leihst.«

Das Männchen schnalzt mit der Zunge. »Meinetwegen. Dann geh in Allahs Namen hinauf zu den Gärten des Katharinenklosters und such die warmen Quellen. Das gefällt solchen Jüngelchen, wie du eines bist.«

»Danke, Väterchen! In welche Richtung soll ich reiten?«

»Mach dir darüber keine Gedanken. Mein Esel wird dich schon hinbringen.«

Der Esel richtet sich präzis gegen den höchsten Gipfel des Sinai aus und tippelt los, vorbei an den Fischern auf dem Quai, die im Schneidersitz ihre Netze flicken, vorbei an den dunklen Pilgerkneipen, in denen abgemagerte Gestalten dünne Suppe schlürfen. Der Esel läßt die weiße Stadt hinter sich und läuft in der Nachmittagshitze hinaus in die Wüste, den Kopf immer gesenkt, wie wenn er mit seinen langen Ohren den majestätisch aufragenden Sinai aufspießen wollte. Und plötzlich ist da ein Palmenwäldchen, ein reizendes Wäldchen von ein paar hundert schlanken Palmen, die voll der herrlichsten gelben und roten Datteln hängen. Der Esel läuft geradeaus in den verstecktesten Winkel des Wäldchens. Dort steigt mächtig eine Felswand empor bis zum höchsten Gipfel des Sinai, wo einst Moses die Gesetzestafeln entgegennahm. Ganz zuunterst aber ist der Stein gebrochen, und dampfend warmes Wasser quillt heraus in einen kleinen See. Werner Munzinger steigt ab. Er ist allein; schnell zieht er sich nackt aus, wirft die Kleider auf den Sattel des Esels und läßt seinen weißen Leib ins türkisfarbene Wasser gleiten. Kopf und Schultern bettet er aufs moosige Ufer, Arme, Bauch und Beine treiben wie Seerosen auf dem Wasser. Die Singvögel jubeln, zwischen den Bäumen weiden die Schafe, das Dach der Palmenblätter wirft einen kühlen Zebraschatten auf den Boden und gleich neben Werner fallen honigsüße Datteln ins Wasser. ›Hier bleibe ich‹, denkt Werner. ›Hier bleibe ich liegen, bis ich ganz und gar mit Moos überwachsen bin.‹ Da spitzt er die Ohren – was ist das? Musik? Hier, in dieser Abgeschiedenheit? Die Klänge kommen näher; kein Zweifel, da singt jemand, und zwar voller Andacht und Hingabe: »Laudate Dominum, quoniam Bonus est psalmus ... Per misericordiam tuam, Deus noster ...« Zwischen den Palmenstämmen taucht eine braune Mönchskutte auf, tritt ans Seeufer und läuft auf Werner Munzinger zu.

›Jetzt bin ich halt nackt‹, denkt Werner, dessen Kleider sich auf dem Rücken des Esels irgendwo im Wäldchen verloren haben. ›Soll mich der Mönch eben sehen. Wenn ich aus dem Wasser steige, werde ich nur noch nackter.‹

Die Ärmel der Mönchskutte sind ineinander verschränkt, die Kapuze ist so weit vornübergezogen, daß vom Scheitel bis zur Sohle kein Fleckchen Haut zu sehen ist. Der Gesang verstummt. Endlich ist die Gestalt da und kauert sich neben Werner ins Moos. Jetzt erst kann Werner in der Tiefe der Kapuze ein Gesicht erkennen. Es ist das hübsche Gesicht eines jungen Griechen, umrahmt von schwarzen, vollen Locken. Eingehend und freundlich betrachtet der junge Grieche den Fremdling, dessen Nacktheit er gar nicht zu bemerken scheint. Werner Munzinger seinerseits wundert sich über dieses ebenmäßige und friedfertige Antlitz in der Mönchskutte. Wie alt er wohl sein mag? Dieser Mönch sieht aus wie einer, der ein Leben lang jung, unschuldig und wohlduftend bleibt, um schließlich mit hundertzwanzig Jahren schnell, geruchlos und lächelnd zu sterben. Wahrscheinlich der Klostergärtner, der nichts anderes zu tun hat, als hier jahrein, jahraus den Dattelpalmen beim Wachsen zuzuschauen.

Werners blaue Augen treffen auf den dunklen Blick des Griechen. ›Warum begrüßt er mich nicht?‹ denkt Werner, der noch immer lang ausgestreckt im Wasser liegt. Wahrscheinlich denkt der Grieche dasselbe, und so ist es schon bald für alles Reden zu spät. Nach langem Schweigen löst sich Werner von den Augen des Griechen; sein niedergeschlagener Blick streift die eigene schmale Brust und den Penis, der in der Strömung wogt wie eine Wasserpflanze. Er möchte weglaufen, sich bedecken, eine Pistole in der Hand halten – und bleibt doch im Wasser liegen. Steif wie ein Brett dümpelt Werner im Wasser, versucht dem Griechen möglichst gelassen unter die Kapuze zu schauen. Der Mönch bemerkt den verlegenen Blick und errötet. Er steht auf und dreht sich um. Gemessenen Schrittes zieht er los, und Werner Munzinger hört wieder diesen himmlischen Tenor: »Vide, Domine, et considera ...«

12

Nach vier Stunden Flug, dreißig Minuten Taxi- und fünfundvierzig Sekunden Liftfahrt saß ich auf der Dachterrasse des Hotel Carlton mitten in der Kairoer Innenstadt. Vor mir stand ein eisgekühltes Heineken-Bier in dieser freundlich grünen Dose, die auf der ganzen Welt genau gleich aussieht und zuverlässig exakt denselben Saft enthält. In der Straßenschlucht tief unten pulsierten Tausende von Taxis wie die roten Blutkörperchen im Schulfernsehen. Ich schaute hinüber zu den Hochhäusern, die Italiener, Griechen, Franzosen und Briten noch vor der arabischen Revolution von 1952 gebaut hatten; wie gestrandete Ozeanriesen standen sie einträchtig in der flimmernden Hitze, umspült vom endlosen Meer der arabischen Quartiere – Queen Mary neben Titanic, Ile de France neben United States und Andrea Doria. Sie zerbröselten allmählich unter der sengenden Sonne; da und dort waren die obersten Stockwerke schon zerfallen, und aus dem Geröll wuchsen windschiefe Holz- und Strohhütten. Da lag eine Ziege im Schatten eines Wellblechdachs, auf dem nächsten Hochhausdach melkte jemand ein Schaf und auf dem übernächsten irrte ein Dutzend Hühner umher.

Noch stand die Sonne knapp über der graubraunen Dunstglocke, die hartnäckig wie ein böses Gerücht über der Stadt lag. Scharf hob sich die Felsnadel des sechsunddreißigstöckigen Hotel ›Hilton-Ramses‹ vom Abendrot ab. Gleich dahinter mußte der Nil liegen, und fünfzehn Kilometer weiter, wo hinter dem Dunst der Abgase die Wüste beginnt, standen wohl die drei großen Pyramiden.

Die Sonne sank: Es dunkelt schnell im Orient. Da erhob sich scheppernd und aus hunderttausend Lautsprechern die Stimme des Gebetsrufers: »Allahu akbar! Gott ist groß! O Gläubige, betet: Es gibt nur einen Gott, und Mohammed ist sein Prophet!«

Und im selben Moment warfen sich in der ganzen Stadt Millionen von Männern zu Boden; in improvisierten Gebetsstätten mitten auf der Straße, in prächtigen Moscheen, die saudische Scheichs mit Öl-Dollars gebaut hatten, überall beteten Menschen im selben Glauben zum selben Gott in feierlichem Lobgesang. Ihre Stimmen vermischten sich mit dem Tosen und Hupen der Taxis, deren ewiger Strom nicht einmal zur Gebetsstunde versiegt. Alle beteten, nur ich nicht. Verlegen warf ich einen Blick zum Kellner hinüber – er war weg. Allein saß ich da mit Alkohol und Tabak, legte Geld auf den Tisch und ging.

Vor dem Carlton strömten die Autos vierspurig über den Boulevard des 26. Juli, und zwar Stoßstange an Stoßstange, Türgriff an Türgriff, und ziemlich schnell. Auf dem Gehsteig standen Männer in bodenlangen Gewändern, spähten die Straße hoch und warteten auf ihre Chance. Und wenn ein Taxichauffeur auch nur einen Meter Abstand ließ zwischen sich und dem Vordertaxi, so sprang ein Fußgänger in die Lücke, überwand die erste Kolonne, um vor der zweiten auf seine nächste Chance zu warten, während die Dieselmotoren zentimeterknapp an ihm vorbeidröhnten. So hüpften die Männer geschickt von Lücke zu Lücke; es war wie ein Computerspiel, mit dem Unterschied, daß man hier nur ein Leben zu verspielen hatte. Und wie im Computerspiel gab es auch hier die Großen Zerstörer. Das waren die dunkelblauen Stadtomnibusse, die mit siebzig Stundenkilometern über den Asphalt donnerten und alles weghupten, was sich ihnen in den Weg stellte. Die Busse ließen keinen Zweifel daran, daß sie niemals anhalten würden, nur weil ihnen ein Mensch, ein Fahrrad oder ein Mittelklassewagen unter die Räder geriet. Irgendwann gelangte auch ich auf die andere Straßenseite, und zwei Minuten später hatte ich mich hoffnungslos verlaufen. Während die Nacht aus den Ecken unbeleuchteter Hinterhöfe kroch und die Häuser immer niedriger wurden, sah ich Menschen: einen bärtigen Alten, der zahnlos lachte, brabbelte und mit seinem Stock immerfort gen Himmel deutete; ein tief in rotweißes Tuch gehülltes Mädchen, das frech unter seinem Schleier hervorblinzelte; eine alte Frau, die in einem wassergefüllten Blecheimer drei Kalbsfüße zum Verkauf anbot; zwei junge Männer, die in sehr bunten Hemden händchenhaltend durch die Nacht spazierten; einen am Boden liegenden Bettler mit schwarz geschwollenem Fuß, in dessen rissiger Haut Fliegen ihre Eier ablegten; zwei saudische Prinzen mit ihren weißen Kopftüchern, die blasiert und verschüchtert durch die Menge stolzierten; einen landlosen Bauern, der fünf Schafe durch die Stadt trieb; eine obdachlose Mutter, die sich zusammen mit ihren zwei Kindern in ein schwarzes Tuch wickelte und zum Schlafen in den Straßengraben legte. Ich sah die kleinen schwarzen Militärpolizisten, die an jeder Straßenecke standen, die fliegenden Orangensafthändler, die rotgebrannten europäischen Touristen, die Juden mit den Schläfenlocken, die weißen Diplomatenkinder mit ihrem Selbstbewußtsein und ihren Kindermädchen, die Schwarzafrikaner in ihren leuchtenden Gewändern, die Männer in den Straßencafés, und ich setzte mich zu ihnen, bestellte einen Kaffee und eine Wasserpfeife – und war glücklich.

13

Auf dem Weg in den Süden hat Werner Munzinger den Sinai weit hinter sich gelassen. Das Schiff folgt der arabischen Küste, wo das Meer so seicht ist, daß man im Vorüberfahren das Farbenspiel der Korallenbänke beobachten kann. Am 17. August 1853 erreicht Werner den Wendekreis des Krebses und damit die Tropen. Aus dem Süden bläst ein heißer Monsunwind und peitscht meterhohe Wellen vor sich her, das Schiff torkelt wie betrunken vorwärts, die Sonne geht blutrot unter im strömenden Regen. Vom afrikanischen Festland spannt sich ein Regenbogen weit ins Meer hinaus, und Werner kotzt und würgt bis zur Erschöpfung. Nach Einbruch der Dunkelheit essen die Matrosen Reis aus bruchfesten, hölzernen Schalen. Werner Munzinger will nichts, überhaupt nichts mehr. Wie hingemordet liegt er nah beim Mittelmast, wo das Schiff am wenigsten schaukelt, und der Regen prasselt ihm aufs Gesicht.

Fünf Tage später läuft das Schiff in der Pilgerstadt Janbo ein. Als das Schiff fest am Quai vertäut ist, rappelt Werner Munzinger sich auf.

»Steuermann! Warum baden hier so viele Männer im Hafen?«

»Das sind Mekka-Pilger kurz vor dem Ziel. Hier tauchen sie ins Meer ein, um sich von den letzten Sünden reinzuwaschen. Dann verschenken sie ihre Kleider und Schuhe. Als Zeichen der Reinheit wickeln sie ein Stück weißes Tuch um den Leib. Ohne Kopfbedekkung und barfuß laufen sie dann das letzte Wegstück bis nach Mekka.«

»In dieser Hitze?«

»Die meisten tragen schreckliche Verbrennungen und einen schlimmen Sonnenstich davon.«

Werner Munzinger zieht seine Stiefel an und steht auf. Der Steuermann hält ihn am Arm zurück.

»Geh nicht an Land!«

»Wieso nicht?«

»Es könnte für dich gefährlich werden. Janbo ist das Tor zu Mekka und Medina, den heiligen Stätten des Islam. Da sind Christen nicht gern gesehen.«

Werner steckt seine zwei Pistolen in den Gurt und läuft auf wackeligen Beinen zur Strickleiter. »Das ist mir einerlei. Ich will endlich wieder festen Boden unter den Füßen spüren.«

Besorgt blickt der Steuermann der schwarzen Galabiya Werner Munzingers hinterher, die schnell im Gewimmel der weißgewandeten Mekka-Pilger verschwindet. Aber es dauert nicht lange, bis Werner verschwitzt und aufgeregt wieder an Bord klettert.

Die Einwohner sind fast alle mit einem mannshohen soliden Stock bewaffnet, der unten mit Silberfäden verziert ist. Die Beduinen dagegen haben immer Säbel und Lanzen bei sich, und Luntengewehre sind nicht selten. Ich spazierte über den engen, schmutzigen Markt und mußte hören, wie die Kinder schrien: Ist kein Knüttel da, diesen Ungläubigen totzuschlagen?

Ich tat, als ob ich nichts verstände. Man muß dergleichen gleichmütig zu ertragen wissen, wenn man im Orient reist.

Weiter geht die Reise entlang der arabischen Halbinsel. Werner Munzinger sieht Sklavenschiffe, die junge Negermädchen für die arabischen Harems geladen haben und kräftige Männer für das türkische Heer. Er spaziert über die Märkte, begutachtet Perlen und Schildkrötenpanzer, läßt Kaffeebohnen durch die Finger rieseln, notiert Preise, fragt nach Herkunft und Qualität, kauft da und dort ein Muster und schreibt jeden Abend einen Rapport für Dupont & Cie.

Am 8. September 1853 gerät Arabien außer Sicht. Munzingers Schiff überquert das Rote Meer und erreicht nach zwei Tagen die afrikanische Küste bei Umm-el-Grush (Mutter der Haifische, die hier wirklich sehr zahlreich sind).

Seit über einem Monat ist Werner Munzinger unterwegs, tausenddreihundert Kilometer hat ihn das Schiff südwärts getragen. Noch zwei Wochen Fahrt, dann wird er in Massaua einlaufen, dem Ziel seiner Reise. Aber jetzt schon ist es unerträglich heiß, heißer noch als an der arabischen Küste. Jeden Tag klettert die Quecksilbersäule in Werners Reisethermometer ein paar Millimeter höher, jeden Tag werden die Risse in den ausgetrockneten Lippen tiefer, und die Stiefel passen längst nicht mehr an die geschwollenen Füße.

Am Nachmittag des 26. September ist es soweit: Im Süden tauchen am flimmernden Horizont drei kleine flache Inseln auf, die einen Kilometer vor dem Festland aus dem Wasser ragen. Darauf stehen dreihundert viereckige Strohhäuser mit spitzen Dächern, dazwischen ein paar weißgetünchte Lagerhäuser aus Stein. Das ist Massaua, die wichtigste Hafenstadt Abessiniens. Hierher ziehen seit tausend Jahren die Karawanen aus den Tiefen Afrikas, um Sklaven, Elfenbein, Kaffee und Gold zu verkaufen an die Handelsschiffe aus Arabien, Indien und China. Werner steckt seine Pistolen ein und steigt an Land, bereit, die üblichen Schimpftiraden über sich ergehen zu lassen. Vorsichtig geht er stadteinwärts durch eine staubige Gasse, die Hände wachsam in Pistolennähe. Dicke Kaufleute schnaufen in prächtigen Seidengewändern an ihm vorbei, junge Mädchen kichern unter schwarzen Schleiern, nackte Kinder laufen ihm johlend voraus – aber keiner will ihn totschlagen, niemand schreit nach einem Knüppel, keiner schimpft ihn einen ungläubigen Hund! An einem der Steinhäuser hängt das Firmenschild von Dupont & Cie. Dort wird Werner Quartier beziehen – nur für ein paar Tage, wie er glaubt.

14

Express
Hotel Carlton
Kairo, 13. Februar

Liebe Polja,
heute für einmal nichts Wissenswertes aus dem Tierreich, sondern Lehrreiches über die Wunder der Antike. Die Pyramiden von Giseh sehen unglaublicherweise genau so aus wie auf den Millionen Fotos, die es von ihnen gibt. Schon der Weg vom Stadtzentrum hinaus nach Giseh hat es in sich. Er führt über einen fünfzehn Kilometer langen Damm, den 1869 der verliebte König Ismail über die Ufer des Nils durch Sumpf und Reisfelder bauen ließ, damit seine Eugénie, die Kaiserin der Franzosen und Ehefrau Napoleons des Dritten, trockenen Fußes hinkam, falls sie ihn einmal besuchen sollte. Mit dieser und anderen Extravaganzen hat er Ägypten endgültig in den Ruin getrieben, aber genützt hat es ihm nichts. Die schöne Eugénie nämlich reiste im November wohl an zur Eröffnung des Suezkanals, aber von Ismail wissen wollte sie nichts – erstens hatte sie keine Zeit für ihn, denn sie war sehr mit Regieren beschäftigt; zweitens hatte sie keine Lust auf ihn, denn sie war gebürtige Spanierin und klerikal und bigott; und drittens war es ein allzu durchsichti-

ger Trick von Ismail, den Damm zu beiden Seiten hin abfallend bauen zu lassen, damit die Kutsche auf der Hin- und Rückfahrt in Schräglage wäre und Eugénie sich gegen seine Schulter lehnen müßte.

Soviel dazu. Gleich beim Taxistand gibt es einen Ticketschalter; die Pyramiden kosten Eintritt. Eine staubige Straße führt auf die drei mächtigen Dreiecke zu. Im Geröll links von der Straße kauert der Sphinx. Zu dessen Füßen warten Kamele auf Touristen und riechen stark nach Zirkus.

Die Cheopspyramide ist groß. Sehr groß. Die schweren Steine. Die Sklaven. Die Plackerei in der Hitze. Weiter zur Chephrenpyramide und hinüber zu der des Mykerinos. Ungeheuer viel Stein wurde da aufeinandergeschichtet. Zum Lachen, wenn man's von nahe betrachtet. Diese Arbeit, diese vergebliche Mühe!

Aber da! Gleich hinter der Mykerinospyramide stehen drei winzige Bonsaipyramiden, jede einzelne kaum größer als ein Einfamilienhaus. Die würden Dir gefallen. Sie sind nie abgebildet in den Hochglanzbänden; seit der Erfindung der Fotografie verpassen sie den Bildrand immer um wenige Zentimeter. Die drei Winzlinge hat Mykerinos bauen lassen als Grabmäler für seine Lieblingsfrauen. Den großen Männerpyramiden ähneln sie nur entfernt, denn der Zahn der Zeit hat an ihnen jede Geometrie zum Verschwinden gebracht. Langsam, aber stetig bröseln sie dem Wüstenboden entgegen, lässig und ungepflegt im Schatten der fotogenen Stars.

Auf die kleinste von ihnen bin ich hochgeklettert. Zuoberst angekommen, legte ich mich in den Schatten eines gut erhaltenen Steinquaders und schloß die Augen zum Mittagsschlaf. Mit dem Daumen strich ich an einer scharfen, fadengeraden Kante entlang. Da hatte ein Steinmetz gute Arbeit geleistet. Über die Jahrtausende hinweg grüßte ich den drahtigen kleinen Ägypter, der hier seinen Schweiß vergossen hatte, lauschte dem Ting-Ting seines Meißels und roch den scharfen Geruch seiner sonnenverbrannten Haut, und als im Westen die Sonne unterging, folgte ich ihm hinunter ins Lager, wo der Koch in einem riesigen Messingtopf Suppe für zehntausend Fronarbeiter bereithielt. Ich stellte mich in der Warteschlange an und unterhielt mich mit anderen Arbeitern, während der Wind unsere verschwitzten Körper trocknete. Ich streckte dem Koch mein tönernes Schälchen hin, und er schöpfte mir das Abendbrot mit einem hölzernen Löffel. Als der Mond aufging, lief ich hinüber ans Ufer des Nils und rief: »Polja! Polja!« Ich entdeckte Dich einige hundert Schritte flußaufwärts, wie Du gerade Dein Boot ins Wasser stießest. Es war ein blitzblankes, feuerwehrrotes Rennboot. Du winktest mir zu. Ich lief zu Dir. Du machtest die Leine los, und wir fuhren auf und davon, den Blauen Nil hinauf und hinein ins Mondgebirge.

Bis bald
Dein Max

PS: Ich wohne im Hotel Carlton. Schau doch mal vorbei, wenn du magst.

15

Weihnachten 1853. Seit drei Monaten steckt Werner Munzinger in Massaua fest, diesem verlausten und flohverseuchten Nest. Ein ganzes Jahr muß er noch bleiben und für Dupont & Cie. Einkäufe tätigen. Dabei hat er längst genug. Die ewigfeuchte Hitze geht ihm auf die Nerven, die tagsüber oft 50 Grad Celsius erreicht und abends kaum je unter 35 Grad sinkt. Vom brackigen Trinkwasser, das die Wasserverkäufer in Lederschläuchen vom Festland herüberrudern, hat er namenlosen Durchfall. Seit Wochen hat er nicht mehr richtig geschlafen, ständig wach gehalten von Ungeziefer, Magenkrämpfen und der aschgrauen Hitze. Wie alle Einwohner Massauas verbringt er die Nächte vor der Tür; jeden Abend schleppt er sein Bett auf die Straße, um bereit zu sein, falls eine kleine Brise seinen schweißgebadeten Körper kühlen wollte. Werner wird übellaunig und böse gegen die Menschen.

Die Männer haben in ihrem Gesicht einen Ausdruck von Weichlichkeit und Friedfertigkeit, der ihrem Charakter vollständig entspricht. Alles ist ästhetisch, in allem mäßig, ohne Exzeß im Guten wie im Bösen. Aber auch männliche Offenheit ist selten, schmeichlerische Falschheit ein Grundzug des hiesigen Volkscharakters. Hingebung und Aufopferung für den Nächsten, Treue bis zum Tode muß man hier nicht erwarten. Der Mangel an energischer Männlichkeit läßt ebensowenig Tugenden als Laster aufkommen und wird zu einem vorsichtig gemäßigten Egoismus.

Aber am meisten zu schaffen macht ihm das Lagerhaus, das er bis unters Dach mit Plunder füllen soll – dieses endlose Feilschen mit Geld, das ihm nicht gehört, um Dinge, die ihn nicht interessieren! Was kümmert ihn, ob die Damen der französischen Gesellschaft Perlen auf dem Busen tragen? Ist er ans andere Ende der Welt gefahren, um ein verlaustes Steinhaus mit Schildkrötenpanzern zu füllen?

Zu Hause ist jetzt Weihnachten. Gewiß liegt Schnee auf den Hügeln um Olten. Die Menschen tragen wollene Handschuhe, und es dampft aus ihren Mündern. Ob Großmutter die Weihnachtsgans schon in den Ofen geschoben hat?

Munzinger läuft zu seinem Boot und rudert hinüber ans Festland. Südlich der Stadt erhebt sich ein kleiner Berg, auf dessen Spitze stets der Seewind weht. Von hier aus überblickt Werner ganz Massaua, und wenn von Norden her ein Schiff käme, das einen Brief aus der Heimat an Bord hätte ...

Werner bleibt auf seinem Aussichtspunkt, bis der Abend naht und in den Bergen ein vielstimmiges Heulen und Bellen anhebt. Das sind die Schakale und Hyänen, die sich in der Dämmerung aus ihren Schlupfwinkeln hervorwagen.

Massaua, 24. Dezember 1853

Lieber Walther!

Und wieder habe ich einen ganzen Tag auf ein Lebenszeichen von meinen Liebsten gewartet! Es sind nun schon zwei Monate vergangen, ohne daß ich einen Brief von Euch erhalten hätte. Ich kann nur hoffen, daß Ihr alle wohlauf seid. Ich für meinen Teil schlage mich recht ordentlich durch; Du weißt ja, daß der Kommerz meine Passion nicht ist. Sobald ich aber mein Contor für einen Tag oder zwei verlassen kann und ans Festland rudere, bin ich für meine Mühsal reich entlöhnt. Denn das Tiefland Abessiniens ist von einer Schönheit, die ich mir in den kühnsten Träumen nicht hätte ausmalen können. Aber wehe! Da lauert die geringelte Boa auf dem schmalen Weg; da ist das Jagdgebiet des Löwen, und der Elefant weidet friedlich; da schreckt dich das bleiche Fieber aus dem paradiesischen Traum. Die Natur will den Menschen hier nicht zum Zeugen ihrer Pracht.

Und doch, wie schön! Das hohe schilfige Gras verschlingt den Reiter; nur mühevoll tritt er sich einen Pfad, wenn nicht die Elefantenherde ihn schon geebnet hat. Die weitästige Sykomore mit ihrem ungeheuren, hochragenden Stamm und den breiten Blättern bietet ihre Feigen und lädt in ihren ewig nächtlichen Schatten. Die ast- und blätterarme Adansonia verwundert dich mit ihrem fetten Leib und ihrem mürben, kraftlosen Holz. Hier ist Urwald; hier liegen wuchtige Stämme der Verwesung preisgegeben und versperren den Weg. Frisch sproßt das neue Gras aus der nie abgemähten, nutzlos verfaulenden Weide. Hab acht! Der Dornenbaum höhnt deiner Kleider mit seinen krummen Stacheln, und grausame Disteln und Nesseln verletzen den unbedachten Fuß.

Wo aber das Tal sich verengt und das Wasser nur mühsam einen schmalen Weg findet über Granitblöcke und turmhohe senkrechte Schieferfelsen, da ist es dunkel fast den ganzen Tag; denn nur wenige Mittagsstunden dringt die Sonne in die schauerliche Tiefe. Hier wird selbst der Vogel scheu und stumm, und die am spärlichen Wasser sich labende Gazelle lauscht ängstlich auf bei jedem Geräusch in der fluchtwehrenden Enge. Da ist fast ewige Stille, nur unterbrochen vom Murmeln des sich ins Freie drängenden Baches, selten gestört vom Geheul der an den jähen Abgrund sich klammernden Affen.

Weh dem, der hier weilt in der Regenzeit! Von langer Fahrt müde bettet sich der Wanderer im Tal zur Ruhe. Im heißesten Mittag wiegt er sich in süße Träume, denkt an zu Hause – da dröhnt es dumpf im Hochgebirge: ein Schuß, ein zweiter, dann der schreckliche, den ganzen Himmel durchrasende Donner.

Doch der Wanderer fürchtet sich nicht, das Gewitter ist ja so fern. Er ruht und träumt, er sei schon bei seinen Lieben. Da erhebt sich von oben ein Rauschen, wie wenn der Wind durch die Blätter führe. Es wird lauter, gewaltiger, es zischt, es prasselt, es tost, es brüllt, als wenn die bösen Geister heranführen – nun naht es, mauergleich, schäumend und sich überstürzend –, es ist der Waldstrom. Der Bach, vom Regen angeschwollen, ist ein mächtiger Strom geworden, doch seines kurzen Lebens gedenk, stürzt wild und feurig er das Tal hinab; die tiefgewurzelten Sykomoren sinken unter seiner Wucht, und die grasige Ebene wird von Schutt überrollt. Das Wasser füllt das ganze Tal und langt hoch an die Felsen hinauf.

Weh dir, du armer Mann, wohin solltest du entfliehen? Hast du die Flügel des Adlers, hast du die Krallen des Affen, der über dir schwebend deiner Not höhnt? Bist du im Bunde mit den Geistern, daß sie dich forttrügen? Hier ist sie nicht dein Knecht, die Natur, sie ist dein dich vernichtender Feind. – Es ist wenige Jahre her, daß in einem breiten trockenen Strombett ein ganzes Zeltenlager von Beduinen mit Herden und Zelten von einer ungeahnten Sturzflut überfallen und fortgerissen wurde. Hundert Menschen, Tausende von Ziegen wurden seine Beute.

So sind die Tiefländer Abessiniens – feindlich und doch so schön. Wie manchen Tag habe ich in dem schattigen Wald neben der Quelle gelegen und den bunten langgeschweiften Vögeln zugeschaut oder im dichten Dornbusch dem plumpen Nashorn, der spiralhörnigen Antilope aufgelauert!

Aber das alles ersetzt mir nicht die Nähe meiner Lieben, die ich schmerzlich vermisse. Ich hoffe sehr, daß Ihr mir bald ein Zeichen sendet, daß Ihr mich nicht gänzlich vergessen habt, und bleibe immer

Euer Werner

16

Der nächste Tag war schon der letzte meiner Preis-Schocker-Reise. Nach dem Frühstück blieben mir noch fünf Stunden bis zum Check-In. Ich beschloß, den Basar in der Altstadt zu besuchen.

»Welcome to Egypt, Sir. Do you need a guide?«

Der Mann, der neben mir herlief, gefiel mir. Sein Gesicht war freundlich, das Gewand himmelblau, die Füße steckten in rosa Plastiksandalen. Brauchte ich einen Führer? Ich dachte an mein Flugzeug, dem gerade jetzt wohl ein rotweiß karierter Tanklastwagen die Flügel mit Treibstoff füllte. Ich dachte an die ›Oltner Nachrichten‹ und den Chef, der mit wachsender Ungeduld auf mein Zingg-Portrait wartete. Und dann dachte ich an Werner Munzinger. »Yes, please. Ich möchte ins Nationalarchiv.« Der Mann mit den Plastiksandalen hieß Assem. Er führte mich hoch zur Zitadelle, von wo einst Munzinger den Sonnenuntergang betrachtet hatte. Wir gingen vorbei an Kuppeln und Minaretten, durchquerten ein paar Tore mit gewaltigen, hochgezogenen Fallgittern und kamen zu einem kleinen Seiteneingang, hinter dem eine schmale Holztreppe hochführte. Am Fuß der Treppe stand ein Tisch, daran saß ein Mann, der uns fragend ansah.

»Assalamu aleikum«, sagte Assem.

»Aleikum assalam«, sagte der Mann. Assem begann zu reden, deutete abwechselnd auf mich und nach

Norden, wo Munzinger und ich einst hergekommen waren. Der Mann am Tisch hörte aufmerksam zu, stellte ein paar Fragen und nickte bedächtig. Er schrieb arabische Schriftzeichen auf einen Zettel, reichte diesen Assem und schickte uns die Treppe hoch.

Am Ende der Treppe stand ein Tisch, daran saß ein Mann, der uns fragend ansah. Assem reichte ihm den Zettel, fing an zu reden und deutete auf mich und nach Norden. Der Mann nickte bedächtig, schrieb etwas auf einen Zettel und schickte uns einen langen Flur entlang, an dessen Ende wieder ein Mann an einem Tisch saß. Auf diese Weise besuchten wir acht weitere Männer an acht kleinen Tischen. Der letzte von ihnen unterschied sich insofern von den anderen, als er nichts auf einen Zettel schrieb, sondern aufstand. Er führte uns an meterdicken Mauern entlang durch einen kleinen, sandbedeckten Innenhof, in dem eine winzige Moschee stand. Dann stiegen wir ein paar Treppen hoch und liefen durch ziemlich viele Gänge, bis der Mann vor einer schweren eisenbeschlagenen Tür stehenblieb, etwas zu Assem sagte und uns allein ließ. Assem klopfte und drückte mit beiden Händen die schwere, schmiedeeiserne Klinke nieder. Die Tür ging knarrend auf und gab den Blick frei auf ein offenes Fenster, durch das man tatsächlich den blauen Himmel, ein weißes Minarett und das saftige Grün einer Dattelpalme sah. Wir waren im Sterberegister für hohe Staatsangestellte.

Alle vier Wände waren bedeckt mit Regalen, in denen riesige, altersbraune Bücher standen. Im Zimmer selbst gab es neun Tische, an denen neun Männer saßen. Acht von ihnen schliefen, die Köpfe sanft auf ihre Unterarme gebettet. Die Tische und die Männer und die Bücher waren mit feinem Wüstenstaub bedeckt, den der Wind zum Fenster hereingeblasen hatte. Aber der neunte Mann war wach. Er ließ sich von Assem meine Geschichte erzählen, nickte bedächtig, stand auf und weckte den Mann, der ihm am nächsten saß. Der ging zu einem Regal, zog ein Buch heraus und kehrte zurück. Er sagte etwas zu Assem, und Assem fragte mich: »What was the man's name?«

»Munzinger.«

»مونزجار«, fragte der Mann.

»Mun-zin-ger.«

»مونزجار«

»Mun ...«

»... مون«

»... zin ...«

»... زين ...«

»...ger.«

»جار ...«

»Munzinger.«

»مونزينجار«

Der Mann lachte, Assem und ich lachten auch, dann blätterte der Mann in seinem Buch. Halblaut murmelnd fuhr er mit dem Finger die Spalten entlang, Seite um Seite blätterte er um. Assem und ich setzten uns an den Tisch. Die Minuten und Viertelstunden vergingen. Der Wüstenwind machte sich sachte daran, Assem und mich mit Wüstensand zuzudecken. Ich polierte mit den Unterarmen eine Ecke des Tischs, lauschte dem Gemurmel des Beamten und verfiel in angenehme Schläfrigkeit, bis ein Außenposten meines

Bewußtseins Alarm schlug. Im arabischen Singsang des Sterberegisterbeamten waren vertraute Laute aufgetaucht.

»زينجار...«

»... singer?« wiederholte ich. »Mun-singer?«

»مونسبنجار«

»Munzinger!«

Der Sterberegisterbeamte lachte, und Assem und ich lachten auch. Ich notierte Werner Munzingers Registernummer. Unter dieser Nummer verwahrte der ägyptische Staat am entgegengesetzten Ende der Stadt seit hundertzwanzig Jahren den Briefwechsel zwischen Werner Munzinger Pascha und dem Khediven Ismail.

17

Massaua, im Mai 1854. »Ich brauche Elfenbein!« Nervös läuft Werner Munzinger im Lagerhaus hin und her. »Mohammed! Wo bleiben die Karawanen? Ich brauche Elfenbein, Straußenfedern, Leopardenfelle!«

Mohammed sitzt dick und schwer auf seinem Teppich und folgt mit den Augen diesem nervösen Christenkind, das seit ein paar Monaten hiesiger Repräsentant von Dupont & Cie. und sein Vorgesetzter ist. Mohammed ist zu lange im Geschäft, als daß ihn ein paar verspätete Karawanen aus der Ruhe bringen könnten. »Geduld, Werner. Die Karawanen werden schon kommen. Sie kommen seit tausend Jahren – da werden sie nicht ausgerechnet jetzt ausbleiben.«

»Aber ich kann nicht warten! In einer Woche kommt das Frachtschiff, um Waren für Frankreich aufzunehmen. Und meine Regale sind leer!«

»Dann fährt das Schiff eben ohne Leopardenfelle und kommt später wieder. Monsieur Dupont wird's überleben.«

»Monsieur Dupont schon, aber wir beide nicht! Monsieur Dupont hat mich wissen lassen, daß Massaua schlecht geführt ist und sich nicht rentiert. Unsere Niederlassung wird liquidiert, wenn keine Besserung eintritt!«

»Hat er das geschrieben?«

»Ja.«

Mohammed kneift seine Äuglein zusammen und streicht sich übers runde Kinn. »Dann müssen wir laufen, Werner.«

»Wohin?«

»In die Berge, nach Keren im Land der Bogos, wo die Karawanenstraßen des Sudans und Abessiniens aufeinandertreffen. Das ist zwar ein elendes Kaff, und die Bogos sind schreckliche Bauerntrampel, aber es gibt dort einen großen Markt. Gut möglich, daß wir da finden, was wir brauchen.«

»Wie weit ist das?«

»Fünfunddreißig Stunden. Fünf Tagesmärsche für einen Maulesel.«

In der brüllenden Hitze des nächsten Sonnenaufgangs stehen Werner und Mohammed am dampfend heißen Meeresufer, vier Maulesel vollbepackt mit Glasperlen, Manchester-Stoffballen, billigen Messern und Silbermünzen. Die sanften Wellen des hitzegeplätteten Wassers gehen unmerklich über in die weißglühenden Wellen des Sandstrandes. Dahinter erheben sich golden weiche Dünen, weiter landeinwärts rotgebrannte Hügel. Darüber türmen sich in bizarrem Violett die ersten Berge, und ganz zuhinterst, wo sich der Himmel der Erde zuneigt, verschwimmt im Dunst hellblau und furchterregend das abessinische Hochgebirge.

Den ersten Tag führt die tausendjährige Karawanenstraße Werner und Mohammed durch die Wüste. Nur die zähesten Dornensträucher überleben in diesem salzverkrusteten Boden, der so nackt und tot daliegt, als wären die Wasser des Roten Meeres erst gestern in tieferliegende Gegenden abgeflossen. Der Pfad ist gesäumt von toten Kamelen und Maultieren in allen Stadien der Verwesung, welche hier ein erstes und einziges Mal in ihrem Sklavenleben die Arbeit verweigerten.

›Herrgott, was mache ich hier bloß?‹ denkt Werner, wischt sich den Schweiß aus der Stirn und erinnert sich wehmütig der Schiffahrt auf dem Roten Meer. Wie idyllisch war doch der Monsunsturm damals, als er am Fuß des Mittelmastes lag, unpäßlich zwar, aber immerhin erfrischt von kühlenden Windstößen. Jetzt ist da nichts als diese staubige Backofenhitze, die einem beim Einatmen die Nasenflügel versengt. Der Rücken des Maultiers ist knochig und hart, und Werners Hintern schmerzt höllisch.

Bald führt der Trampelpfad in endlosem Zickzack die Steilhänge hoch, dann wieder hinunter in bodenlose Schluchten, um sich am gegenüberliegenden Hang gleich wieder in die Höhe zu winden. Werner beißt die Zähne zusammen und treibt sein Maultier an, damit er Mohammed nicht aus den Augen verliert. Wie macht dieser dicke Araber das nur? Sitzt tagelang fröhlich und entspannt auf seinem Esel, singt hin und wieder ein Liedchen und findet auch noch den Atem, um den Fremdenführer zu spielen: »Schau dort, eine Elefantenherde! Da, Gazellen! Dort, ein Strauß, und hier, zwei Geier!«

Aber je weiter der Weg westwärts und in die Höhe führt, desto dünner und kühler wird die Luft. Werner Munzinger wird heimatlich ums Herz. Diese Frische, diese Berge, diese Wiesen, ist das nicht ganz wie zu Hause? Am Mittag des fünften Tages hält Mohammed auf der Krete eines Hügels sein Maultier an und steigt ab.

»Wir sind da. Dort unten liegt Keren. Siehst du das ausgetrocknete Flußbett, das quer durch den Ort führt? Dort ist der Markt.«

Werner sieht hinunter in den etwa drei Kilometer breiten Talkessel, der wie ein Mondkrater ringsum eingefaßt ist von scharf zackigen Bergspitzen. Nur im Westen klafft eine Lücke. Dort bricht das abessinische Hochland abrupt ab, und die Karawanenstraße schlängelt sich hinunter in die schrecklichen Wüsten des Sudans. Mitten in der Ebene stehen eng beieinander etwa dreihundert runde Strohhütten. Das ist Keren. Wie auf einer Landkarte sichtbar ist von hier oben auch der zweite Pfad, der über einen Paß südwärts ins Landesinnere führt, zu den uralten abessinischen Königreichen von Axum, Gondar und Schoa.

»Na komm, Mohammed, gehen wir!«

»Nein, Werner. Wenn du erlaubst, werde ich mit den Maultieren allein hinreiten, und du wartest hier auf mich.«

»Wieso?«

»Damit Monsieur Dupont mit uns zufrieden ist. Schau, du bist ein Weißer. Wenn du auf dem Markt auftauchst, verdreifachen sich sofort die Preise.«

»Na und? Du sagst mir, was die Ware wirklich wert ist, dann handeln wir die Preise herunter.«

»Mit dir geht das nicht. Du bist ein guter Mensch, aber kein Händler. Immer bezahlst du gleich den ersten, viel zu hohen Preis. Laß mich allein nach Keren gehen. In zwei Stunden bin ich wieder da.«

So zieht Mohammed mit den Maultieren davon. Werner macht mit steifen Beinen ein paar Schritte und bettet den gemarterten Hintern auf die Wiese.

Plötzlich steigt eine nackte Frau aus dem hohen Gras. Eine Negerin. Es ist die erste nackte Frau in Werner Munzingers jungem Leben. Mit wippenden Brüsten kommt sie auf ihn zu. Gänzlich entblößt ist sie nicht; unter dem Nabel trägt sie einen Gürtel mit ledernen Fransen, dicke Silberreifen um Hand- und Fußgelenke, einen goldenen Ring im Nasenflügel und silberne Kettchen im geflochtenen Haar. Haut und Haare hat die Frau mit Butter eingerieben, so daß sie überall dunkel glänzt wie eine Pantherin.

Werner schluckt.

Die Frau ist jetzt nahe bei ihm, geht langsam vorbei. Werners Hände werden feucht. Darf ich sie ansprechen? Muß ich grüßen? Soll ich schweigen?

»Sei gegrüßt, Jungfer!«

Die Frau bleibt stehen. Sie ist groß. Unter halbgeschlossenen Lidern schaut sie zu Werner hinunter, der hilflos im Gras sitzt.

»Ich bin keine Jungfer, fremder weißer Mann. Ich bin eine arme, alte Witwe.«

»Oh.«

»Was sitzt du hier im Gras und starrst mich an?«

»Ich warte auf meinen Freund. Ich saß schon hier, bevor du gekommen bist.«

»Und weshalb starrst du mich an?«

»Ich finde dich schön. Bist du wirklich eine Witwe?«

»Mit solchen Dingen scherze ich nicht. Mein Mann ist tot, seine Knochen sind weiß wie deine Haut. Dort hinten bei der Quelle haben ihn die Nureddins getötet, als er baden wollte. Einer hat ihm von hinten den Schädel eingeschlagen, ein zweiter die Lanze in den Rücken gestoßen. Dann haben sie seine Leiche in kleine Stücke geschnitten und im Gebüsch verstreut, den Hyänen zum Fraß. Die Ohren haben sie in der Nacht vor meinem Haus in den Staub gelegt.«

»Oh. Wieso das?«

»Blutrache. Mein Mann hatte eine Tochter der Nureddins verschleppt und als Sklavin verkauft.«

»Warum hat er das getan?«

»Blutrache. Zuvor hatte ein Nureddin seine Schwester geschwängert, ohne sie zu heiraten. Und das wiederum war die Rache dafür, daß ein Onkel meines Mannes den Nureddin eine Kuh gestohlen hatte. Ob er die Kuh wirklich gestohlen hat, ist ungewiß. Die Familie meines Mannes sagt, das Tier habe sich nur in der Nacht auf ihren Weidegrund verirrt und sei dort von einem Nureddin am frühen Morgen als erstem entdeckt worden. Wäre der Onkel meines Mannes an jenem Morgen etwas zeitiger auf die Weide gegangen, hätte er die Kuh auf die eigene Weide zurückgetrieben. Dann hätte meine Schwägerin kein uneheliches Kind zur Welt gebracht – sie hat es abseits des Dorfes geboren, sofort erschlagen und im Erdboden verscharrt, wie es das Gesetz verlangt. Und die Tochter der Nureddin wäre keine Sklavin in einem arabischen Harem, und mein Mann würde seine Ohren immer noch am Kopf tragen.«

»Oh.«

»Du starrst mich immer noch an.«

»Du bist sehr schön.«

»Das hast du mir schon mal gesagt. Kannst du singen?«

»Nein. Ich habe die Stimme einer Krähe.«

»Das ist schade. In unserem Dorf singen die Männer

ein Lied, wenn sie ein Mädchen schön finden. Bist du sicher, daß du kein Lied für mich singen kannst?«

»Ich könnte es versuchen. Was für ein Lied soll ich singen?«

»In unserem Dorf besingen die Männer die Schönheit ihres Mädchens.«

»Ich will es versuchen. Wenn du mich hernach nicht auslachst.«

»Wenn ein Mann schlecht singt, lacht ihn das Mädchen aus. Wir Mädchen haben ein Recht zu lachen.«

»Und welches Recht hat der Mann?«

»Während er singt, darf er das Mädchen anschauen, wo und wie lange er will.«

»Dann mache ich dir einen Vorschlag: Ich schließe die Augen, während ich singe, und du lachst mich nicht aus.«

Die Frau lacht. Werner sieht ihren gebogenen Hals, ihre Zähne und ihr Zahnfleisch. »Das ist nicht gerecht. Du hast mich schon jetzt für die Dauer eines langen Liedes angestarrt. Zur Strafe darfst du mich nur vom Hals an aufwärts besingen – mit geschlossenen Augen. Und jetzt sing!«

Werner Munzinger läßt sich rückwärts ins Gras fallen, schließt die Augen und beginnt:

Illi zegadä keli gerä ab rischu
Illi zegäda mohänek la woridu
Illi aintäta gaehrei dol lafagigu
Illi assära weld ebermet faritu
Illi aindba weld beddäle schekiku
Illi ainaba halib ensa ragitu
Bismillähi u fitu!

Das heißt:
Dein Hals ist des Straußens Hals mit seinen Federn
Dein Hals mit dem schön geformten Bogen
Deine Augen sind der Morgenstern in seinem Aufgehen
Dein Zahnfleisch ist die dunkle Frucht des Ebermet
Deine Zähne gleichen den in Reihe sitzenden wilden Tauben
Deine Zähne gleichen der Kamelmilch, der festgeronnenen
Ich bitte Dich im Namen Gottes, laß mich kosten davon!

Und dann liegt er stumm und blind da und wartet ergeben auf das Gelächter, das ihn gleich zerschmettern wird. Aber es bleibt still; Werner hört nichts als den Wind, der zärtlich durchs hohe Gras streift. Er schlägt die Augen auf, und natürlich ist die schöne Negerin längst über alle Berge. Kurz vor Sonnenuntergang kommt Mohammed zurück, die Maultiere schwer beladen mit Leopardenfellen, Elfenbein und Straußenfedern.

Der Heimweg ist ebenso strapaziös wie die Anreise. Werner Munzinger schwört tausendmal, daß er in Massaua das erstbeste nach Europa fahrende Schiff nehmen wird, als Schiffsjunge, als Koch, als blinder Passagier, wenn's sein muß. Von der letzten Bergkette schaut er hinunter aufs Rote Meer und die drei kleinen Inseln von Massaua. Da – nähert sich nicht ein Fünfmaster von Norden her? Durch das Fernrohr sieht

Werner die Trikolore zwischen den Segeln flattern; es ist eines der drei Frachtschiffe von Dupont & Cie. Werner treibt den Esel zur Eile an – wie wenn er wüßte, daß in einer Stunde ein Postsack auf den Quai hinuntergeworfen wird, der einen Brief für ihn enthält.

Olten, an Weihnachten 1853

Lieber Werner!
Bist Du noch am Leben? Einmal mehr schicke ich aufs Geratewohl ein paar Zeilen in die Welt hinaus, nicht wissend, ob Dich mein Brief auf dieser Welt noch erreichen kann. Bitte laß von Dir hören, sobald Du es vermagst. Mutter, Vater und all Deine Geschwister sind sehr in Sorge um Dich.

Was uns Daheimgebliebene betrifft, so haben wir uns am Heiligen Abend alle im alten Munzinger-Haus in Olten versammelt; ich durfte konstatieren, daß soweit alle wohlauf sind. Es war im übrigen oft von Dir die Rede, und ich habe die angenehme Pflicht übernommen, Dich von allen aufs herzlichste zu grüßen.

Vor allem der Vater hat viel von Dir gesprochen. Du weißt ja, mit welcher Begeisterung er Dein abenteuerliches Leben verfolgt. Ich glaube gar, wenn ihn nicht sein Pflichtgefühl zurückhielte, wäre er schon längst in den Orient gereist, um mit Dir nach den Quellen des Nils zu suchen. »Ich ginge auch gerne mit Werner nach Asien, denn Europa ist nun mal entschieden verrückt geworden«, hat er mir kürzlich geschrieben. Man stelle sich vor: Der amtierende Finanzminister der Schweizerischen Eidgenossenschaft, Bundesrat Josef Munzinger, packt seine Angehörigen in einen Eisenbahnwaggon und verreist auf Nimmerwiedersehen in den Orient! Vater hat sehr gelacht beim Gedanken, daß er auf seine alten Tage noch Arabisch lernen müßte.

Ich muß Dir aber sagen, daß er in letzter Zeit nicht besonders fröhlich ist. Seit dem Herbst ist er derart schwermütig geworden, daß wir ihn nach Bad Schinznach zur Kur bringen mußten. Dabei ist es nicht das Regierungsamt, das seinen Schultern zu schwer würde; es ist die Verlogenheit des diplomatischen Parketts, der falsche Glanz goldener Fassaden, das hinterlistige Lächeln seiner Erzfeinde, was sein republikanisches Gemüt mehr als alles andere bedrückt. Die letzten drei Monate hat Vater seine Geschäfte fast ausschließlich von Bad Schinznach aus geführt; der Herr Finanzminister regiert zur Zeit buchstäblich im Schlammbad. Und wenn er den Gang nach Bern ins Bundeshaus für einmal wirklich nicht vermeiden kann, so weint er zuvor tagelang, Werner, stell Dir nur diese Verzweiflung vor. Er entrichtet einen hohen Preis für die Ehre, die unsere Familie erntet, und zuweilen frage ich mich wirklich, ob es nicht das beste wäre, Du würdest dem Finanzminister in Deiner Negerhütte politisches Asyl gewähren.

Was mich betrifft, so werde ich Deine Gastfreundschaft vorderhand nicht in Anspruch nehmen. Wenn Dich irgendeiner meiner Briefe erreicht hat, so weißt Du, daß ich im vergangenen

Jahr mein Bureau eröffnet habe und zur Zeit sehr beschäftigt bin.

Zum Schluß eine ganz ernsthafte Bitte: Wie Du weißt, hängt der Vater mit jeder Faser seines Herzens an Deinem Schicksal. Ein Wiedersehen mit seinem verlorenen Sohn, den er so sehr bewundert, könnte seine Seele für lange Zeit gesund machen. Da ich Dir den Finanzminister aber nicht gut nach Afrika hinunterschicken kann – komm bald heim, Werner! Komm doch nächsten Frühling, wenn das Meer wieder glatt ist und der Jura frei von Schnee.

Auf baldiges Wiedersehen,
Dein Bruder Walther Munzinger

18

Kreischend ging die Glastür des Staatsarchivs auf. Ich stürzte die Treppe hinunter, einen dicken Stapel fotokopierter Briefe unter dem Arm, warf einen letzten Blick auf den Nil und nahm ein Taxi zum Flughafen. In der Eingangshalle rief gerade eine scheppernde Lautsprecherstimme meinen Namen aus, und zehn Minuten später saß ich im Flugzeug. Ich schnallte mich an, zog die Schuhe aus, räkelte mich behaglich in den Sitz und überschaute die Köpfe der Passagiere. Die Stewardeß ermahnte mich mütterlich, die Sitzlehne senkrecht zu stellen und die Gurte fest anzuziehen. Ich schloß die Augen in Erwartung der Beschleunigung und schlief sofort ein.

Nach vier Stunden Flug, fünfundvierzig Minuten Zugfahrt und drei Minuten Fußmarsch zwinkerten mir durch die verregnete Abenddämmerung vertraulich die Fenster des ›Ochsen‹ entgegen. Brav an ihren Plätzen saßen der kleine Rocker Willy und der große Hippie Werni mit den zwei anderen Typen und spielten Karten. ›So ist das nun mal in der Kleinstadt‹, dachte ich. ›Man wird im selben Spital geboren, sitzt gemeinsam in derselben Schulbank, dann trinkt man ein paar Bier zusammen und macht ein Spielchen oder zwei, und dann legt man sich friedlich nebeneinander ins Grab.‹

Der kleine Willy sah mich als erster. Die Sonne ging

auf in seinem Gesicht. Er legte glücklich die Karten auf den Tisch und flatterte mit den Armen wie ein Vögelchen, das vorzeitig aus dem Nest gefallen ist: »He, Max, schau her! Guru, guru! Du bist ein Täubchen, ein süßes kleines Turteltäubchen!«

Die Jasser lachten und grölten. Ich trat kalt lächelnd an Willy heran, griff nach seiner Lederjacke, zog den Reißverschluß hoch und immer höher, bis unters Kinn und noch weiter hinauf, hob ihn am Reißverschluß aus dem Stuhl, drückte ihn gegen die Wand und ließ ihn dann zu Boden gleiten.

Das tat ich natürlich nicht. Ich lächelte gequält, grüßte in die Runde und verdrückte mich mit meinen Fotokopien in die hinterste Ecke der Kneipe.

Alexandria, 20. Februar 1855

Lieber Walther!

Das Leben spielt einem die unglaublichsten Streiche. Stell Dir vor, daß ich in diesem Moment vom Fenster meiner Herberge auf den Hafen von Alexandria hinuntersehe; weiter, daß in diesem Hafen ein stattlicher Dreimaster liegt, der heute abend nach Triest in See sticht, und daß an Bord dieses Schiffes eine Kabine für mich reserviert ist. Denn endlich habe ich die Zeit und die Mittel, um nach Hause zu eilen und unseren kranken Vater ans Herz zu drücken. Ist es da nicht ein Hohn, daß ebendieser Dreimaster vor drei Tagen Deinen Brief herbrachte, in dem Du mir Papas Tod mitteilst?

Wie gerne hätte ich noch einmal jene Hand gedrückt, die uns beiden den Lebensweg gewiesen! Denn es steht doch ganz außer Zweifel, daß wir Söhne bei jedem unserer Schritte heimlich des Vaters eingedenk sind, ob er ihn auch gutheiße. Wir dünken uns wunder was für Abenteurer und Gelehrte und sind doch immer nur die Söhne des großen Vaters.

Trotzdem oder gerade deshalb muß jeder seinen Weg weitergehen. Nimm mir bitte nicht übel, daß ich unter den neuen Umständen nicht an Bord gehe. Ich will, ich muß zurück nach Abessinien. Ich reise nach Keren im Lande der Bogos, um dort meiner wissenschaftlichen Arbeit nachzugehen, einen Garten anzulegen, etwas Handel zu treiben – und zu leben. Gleich morgen breche ich auf und hoffe, in drei Wochen in Keren anzukommen.

Habe ich Dir die Bogos schon beschrieben? Wer dieses Volk besucht und seine schönen Täler durchwandert hat, bringt den Eindruck eines Gelobten Landes in den Sand Massauas zurück. Das Klima ist das Italiens, der Boden ausgezeichnet, und man könnte alle Reichtümer der Kolonien dahin verpflanzen. Die Bewohner sind edel und gastfreundlich, Christen durch Erinnerung und Gefühl, und einem würdigen Missionar sollte es möglich sein, ihnen die Lehren der christlichen Zivilisation zu spenden.

Mein Entschluß ist gefaßt; den Großteil meines von Dupont & Cie. ausbezahlten Gehalts habe ich heute früh angelegt in zwei Gewehren, reichlich Munition und Sämereien für meine künftige Landwirtschaft.

Leb wohl! Laß die Familie wissen, daß sich meine Heimkehr um ein Jahr oder zwei verzögert. Ich überlasse es Deinem Geschick, daß Mutter sich nicht zu sehr grämt und sorgt.

Vergiß mich nicht und schreib recht bald nach Keren

Dein Bruder Werner

Und wieder begegnete ich dem großen Hippie Werni im Pissoir.

»Lange nicht mehr gesehen«, sagte er. »Krank gewesen?«

»Auf Reisen. In Afrika.«

»Ach ja? Wo?«

»Ägypten. Kairo.«

»So was.«

»Hm?«

»Scheint Mode zu sein.«

»Wieso?«

»Polja ist heute nachmittag nach Kairo geflogen.«

»Nein!«

»Doch. Will da jemanden besuchen. Hat ihre Harley in meiner Garage untergestellt. Nur für ein paar Tage, hat sie gesagt.«

19

Keren, im März 1855, einen Tag nach Werner Munzingers Ankunft. Er erwacht, weil jemand an die Tür seines Hauses klopft. Werner besitzt jetzt sein erstes eigenes Haus – nur ein einfaches rundes Strohhaus zwar am Rande der Stadt, das nicht mehr als zwei Silbertaler gekostet hat – aber es gehört ihm.

»... Munzinger?«

»Ja!« Werner öffnet die Tür. Draußen steht ein dürres Männchen. Es lacht, schlenkert mit den Armen und wackelt mit dem Kopf.

»Ist dies das Haus von Werner Munzinger?«

»Ja.«

»Abt Michael schickt mich.«

»Wer ist das?«

»Der Vorsteher des Klosters auf dem Berg Zad'amba.«

»Du bist ein Mönch?«

»So ist es. Abt Michael schickt mich jeden Morgen früh hinaus, um bei frommen Bauern Speis und Trank zu erbitten. Denn unser Klostergärtchen ist klein und dürr, und die Wasserzisterne liegt acht Monate im Jahr trocken.«

»Tut mir leid. Ich habe nichts zu essen im Haus.«

»Das hat mir Abt Michael schon gesagt, Werner Munzinger. Du bist gestern angekommen mit zwei Gewehren, viel Munition und einem großen Sack voller Silbertaler. Schöne, runde Maria-Theresien-Taler.«

Werner gibt dem Mönch einen Silbertaler. »Abt Michael weiß viel über einen armen Fremdling, der auf der Suche nach einer neuen Heimat ist.«

Der Mönch lächelt. »Abt Michael weiß noch mehr. Dein Maultier ist auf dem Weg von Massaua nach Keren dreimal ausgerutscht. Du bist verliebt in ein Bogos-Mädchen namens Oulette-Mariam. Du hast diese Nacht von deinem verstorbenen Vater geträumt. Und du bist ein aufrichtiger Mann, der lange im Bogos-Land bleiben wird.«

»Oulette-Mariam ...«

»Abt Michael wünscht dich zu sehen. Er erwartet dich, wann immer du willst.« Und schon läuft der Mönch auf die Wiese hinaus und verschwindet im hohen Gras.

Werner Munzinger blinzelt in die aufgehende Sonne. Oulette-Mariam. Er läßt den Namen auf der Zunge zergehen wie eine köstliche, fremdartige Speise. Oulette-Mariam – das schmeckt nach Papaya, Ingwer und wilden Feigen, nach frisch gerösteten Kaffeebohnen und vergorener Kamelmilch. Werner schaut hinunter auf die Karawanenstraße, auf der Männer mit schwerbeladenen Kamelen zum Markt ziehen, Frauen ihre Tonkrüge zum Brunnen tragen und Kinder unter gewaltigen Bündeln von Brennholz nach Hause wanken. Dies ist sein erster Tag in Keren. Was soll er mit ihm anfangen? Hinunterlaufen zum Markt und Glasperlen gegen Straußenfedern tauschen, wie wenn er noch Angestellter wäre von Dupont & Cie? Ziellos durch die Stadt schlendern wie ein englischer Vergnügungsreisender? Eine Steinmauer um den Garten bauen wie ein Deutscher und Unkraut jäten? Oder Oulette-Mariam aufsuchen und ihr ein Liebeslied singen? Vielleicht ein weniger blamables als letztes Mal?

Werner setzt sich auf die Schwelle und lehnt sich an den Türpfosten. Er fährt mit dem Daumennagel über das verwitterte Holz; es entsteht eine schmale Kerbe, und irgendwie tröstet ihn das. Da taucht auf der Karawanenstraße im Gewimmel der Menschen und Kamele der Mönch vom Kloster Zad'amba auf und springt mit ein paar gewaltigen Sätzen zu Werner Munzinger zurück.

»Bist du sehr beschäftigt?«

»Nein.«

»Abt Michael würde sich sehr über deinen Besuch freuen.«

»Gehen wir.«

Das dürre Männlein läuft auf und davon. Werner zieht in aller Eile seine Sandalen an und schließt das Haus ab, gerade bevor der Mönch am Horizont verschwindet. Wie ein verlorenes Büschel Baumwolle weht der weiße Umhang des Männleins über das hohe Gras, während Munzinger hinterherhetzt. Eine Stunde vergeht und eine zweite. Werner möchte schon längst eine Rast einlegen. Er winkt und ruft dem Mönch hinterher, aber immer läuft dieser unerreichbar weit voraus, hüpft hin und wieder auf der Stelle, um Werner etwas herankommen zu lassen und gleich wieder zu enteilen. Nach einer weiteren Stunde endlich läßt er sich von Werner einholen. »Wir sind da!«

»Gott sei Dank! Wo ist das Kloster?«

»Dort«, sagt das Männlein und deutet ziemlich genau senkrecht in die Höhe. »Dort oben?«

»Das ist der Berg Zad'amba. Dort erwartet dich Abt Michael.«

Der Berg Zad'amba ist ein einziger, ungeheurer Felsblock, wohl 2000 Fuß über der Ebene von Shotel erhoben. Seine Wände fallen von allen Seiten spiegelglatt und senkrecht bis zur Ebene ab; nur von Westen her ist er mit Hülfe von Steinen und Geröll zugänglich, wenn auch nicht ohne Beschwerden. Einmal oben angelangt, ist der Wanderer aber noch nicht am Ende seiner Mühsal. Denn der Berg ist in der Mitte senkrecht gespalten, wie wenn vor Urzeiten ein gewaltiger Blitz eingeschlagen hätte. Vor den Füßen des Wanderers gähnt eine hundert Schritt breite und sechshundert Meter tiefe Schlucht, und das Kloster liegt auf der anderen Hälfte des Bergs. Miteinander verbunden sind die beiden Hälften durch ein senkrechtes Felsenband, das kaum 5 Zoll breit ist. Mutige Leute setzen sich auf diesen schwindelerregenden Sattel wie auf ein Pferd und helfen sich hockend hinüber. Doch haben schon viele auf diesem Steg den Tod gefunden; denn ein einziger Blick nach rechts oder links in den unbegrenzten Abgrund reicht hin, Schwindel zu erzeugen. Das Kloster ist von fünf oder sechs abessinischen Mönchen bewohnt, die mit den Schrecken dieser wahrhaften Einsiedelei den Himmel zu verdienen hoffen.

Schweißüberströmt und erschöpft vom Aufstieg steht Werner am Abgrund und verfolgt entsetzt, wie das Männlein leichthin über das schmale Felsband hüpft, zurückschaut und ihm zuwinkt. »Komm, Werner Munzinger!« Und so setzt sich der mutige Werner auf diesen schwindelerregenden Sattel wie auf ein Pferd und hilft sich hockend hinüber. Hin und wieder löst sich ein Steinchen aus der Wand; Werner schaut ihm nicht nach, will gar nicht wissen, wohin es fällt. Er schwitzt und zittert, sein Herz rast, und keinen Moment hat er Zeit zu fragen, was zum Teufel er in diesem Afrika eigentlich verloren hat. Endlich wird das Felsband breiter und mündet in eine karge Wiese. Werner krabbelt weiter, bis er sich in Sicherheit weiß. Dann läßt er sich auf die Seite fallen, das harte Gras sticht ihm ins Gesicht, seine Arme und Beine zittern wie die Läufe eines schlafenden Hundes, und verwundert hört er diesem Wimmern zu, das tief aus seiner Brust aufsteigt.

»Du bist ein mutiger Mann, Werner Munzinger!«

Eine gewaltige Hand packt ihn am Arm, ein starker Arm zieht ihn hoch und drückt ihn an eine herkulische Brust. Werner läßt seinen Kopf einen Moment auf dieser dunkelwürzigen Haut ruhen, unter der sich gewaltig die Brustmuskulatur abzeichnet. Dann schaut er hinauf in das kantige Adlergesicht eines Hünen.

»Abt Michael?«

»Dein Besuch freut mich sehr. Wir wollen diesen Moment mit einem Schluck Honigwein begießen.«

Abt Michael führt ihn in den Schatten eines wilden Feigenbaums, wo ein Krug Honigwein bereitsteht. Werner lehnt sich gegen den Baumstamm, den vier Männer nicht zu umfassen vermöchten, und schaut sich um. Er sieht zwölf Feigenbäume, ein paar Rebstöcke, eine halbzerfallene Kirche, vier Wohnhäuser, drei ausgetrocknete Wasserzisternen, ein staubiges Gärtchen.

»Wir leben ziemlich einsam hier oben, wie du siehst« sagt Abt Michael. »Nur alle paar Jahre hat ein Fremder die Verwegenheit, uns zu besuchen. Du kannst übrigens ruhig lachen, wenn du willst.«

Tatsächlich steigt es blubbernd aus Werners Bauch hoch, unheilvoll und unausweichlich. Er schämt sich und preßt die Zähne zusammen, aber Hals und Wangen blähen sich, und dann lacht er los, viel zu schrill und zu laut. Abt Michael legt ihm freundlich die Hand auf die Schulter. »Lach nur! Das sind die Nerven. Ich habe auch gelacht vor fünfzehn Jahren, als ich hier ankam. Ich war ein junger Mann wie du, genau wie du lehnte ich an diesem Feigenbaum, und der Stamm war nur unwesentlich dünner als heute.«

Werners Gelächter verstummt.

»Ich war jung und bin hergekommen, um meinen Mut zu beweisen. Ich war verliebt, mußt du wissen, in ein Mädchen aus unserem Dorf, deren Augen leuchteten wie der Morgenstern und die einen Hals hatte, so schön gebogen wie der Hals des Straußes. ›Wenn ich heirate, dann nur den tapfersten Krieger!‹ sagte mein Mädchen zu mir. ›Beweise mir, daß du Mut hast.‹ So zogen wir los und bestiegen den Berg Zad'amba. Mein Mädchen setzte sich hin am Rand des Abgrunds und sah zu, wie ich rittlings hinüberging. Glücklich angekommen, lehnte ich mich an diesen Feigenbaum, winkte hinüber zu meinem Mädchen und lachte und lachte ... bis mir klar wurde, daß mich die Angst im Nacken gepackt hatte und ich nie wieder zurückkehren würde.«

Abt Michael greift zum Krug und trinkt Honigwein. Werner Munzinger sitzt still da und horcht auf die Schluckgeräusche. Der Abt will nicht aufhören zu trinken. So viel Honigwein kann in diesem kleinen Krug gar nicht gewesen sein, wie der schon getrunken hat. Endlich stellt er den Krug wieder ins Gras.

»Es wurde Abend. Ich schickte mein Mädchen zurück ins Dorf, da die Nacht hier draußen gefährlich ist, und legte mich am Fuß dieses Feigenbaumes schlafen. Kurz nach Sonnenaufgang stand sie wieder dort. Den ganzen Tag bis zum Sonnenuntergang schaute sie mir zu, wie ich am Abgrund herumschlich und dann und wann einen halben Schritt auf die Brücke machte, nur um jedesmal zurückzuschrecken. Wenn ich mir beim ersten Versuch ein Herz gefaßt hätte und weitergelaufen wäre – vielleicht wäre ich dann glücklich drüben angekommen und hätte zwölf Kinder gezeugt. Mit jedem gescheiterten Versuch aber wuchs meine Angst. Mein Mädchen kam auch am nächsten und am übernächsten und an allen folgenden Tagen, denn sie war eine treue Seele und liebte mich zärtlich. Am hundertsiebenundzwanzigsten Tag aber setzte sie sich nicht hin wie an allen Tagen zuvor, sondern blieb stehen. ›Michael, mein Liebster!‹ rief sie über den Abgrund. ›Sag mir bitte heute, ob du jemals wieder zurückkommst!‹ – ›Wie kann ich das wissen?‹ rief ich zurück. – ›Du weißt es, denn du bist der tapferste Krieger des Dorfes. Bitte sag es mir!‹«

Abt Michael nimmt noch einmal einen großen Schluck Honigwein.

»Was sollte ich machen? Natürlich hatte sie recht: Ich wußte, daß mich die Angst nicht mehr verlassen würde.«

Noch einmal wandert der magische Krug unter Abt Michaels Adlernase.

»Und?«

»Als Ehrenmann habe ich ehrlich geantwortet. ›Es tut mir leid‹, rief ich. ›Ich werde niemals wieder zu dir kommen.‹ Da sank sie zu Boden und brach in Schluchzen aus. Nach einiger Zeit faßte sie sich, stand auf und sagte: ›In dem Fall gehe ich jetzt und komme nie wieder. Drei Monate werde ich um dich trauern. Dann aber werde ich den zweittapfersten Krieger unseres Dorfes heiraten.‹ Und als sie weg war, lief ich zur Kirche und bat Abt Jonas, meinen Amtsvorgänger, um Aufnahme ins Kloster.«

Werner Munzinger streckt den Arm nach dem Honigwein aus, und Abt Michael reicht ihm den Krug. Der ist immer noch halbvoll. Wunderbare Honigweinvermehrung auf dem Berg Zad'amba.

»Du möchtest nicht etwa um Aufnahme ins Kloster bitten?«

Werner schüttelt den Kopf.

»Dann brich sofort auf. Du mußt es gleich im ersten Versuch schaffen.«

Werner runzelt die Stirn.

»Ich habe in den letzten fünfzehn Jahren viel darüber nachgedacht. Es gibt nur eine Lösung: verbundene Augen.«

»Was?«

»Du mußt dir die Augen verbinden. Und rutsch nicht auf dem Hintern hinüber. Geh aufrecht.«

»Aber verzeiht, verehrter Abt, Ihr wollt mich wohl ins Verderben stürzen!«

»Auf der Brücke gibt es keinen Stolperstein, keine Kurve und keine Stufe, und der Weg ist breiter als deine beiden Füße. Du mußt nur geradeaus gehen. Was brauchst du da deine Augen? Solange du nichts siehst, kannst du auch die Gefahr nicht sehen, und nichts kann dir passieren.«

Werner wiegt nachdenklich den Kopf. »Aber hinsetzen möchte ich mich doch.«

»Ein mutiger Mann geht aufrecht, Werner Munzinger. Der rutscht nicht auf dem Hintern herum.«

Werner Munzinger zieht seine Sandalen aus, damit die nackten Füße den Weg fühlen können, und läßt sich die Augen verbinden. Zum Abschied raunt Abt Michael ihm ins Ohr: »Denk an Oulette-Mariam! Du wirst sie heiraten!«

20

Keren, 3. April 1856. Wie jeden Tag ziehen im Licht der aufgehenden Sonne die Kamelkarawanen zum Marktplatz im ausgetrockneten Flußbett. Da schreit ein Kind, dort kocht eine Frau vor ihrer Haustür Tee an einem kleinen Feuer und irgendwo streiten zwei Männer über irgendeinen Unsinn – vielleicht über die Frage, ob das Gras wirklich grün ist oder bloß so aussieht. Alles ist wie im Jahr zuvor, außer daß jetzt anstelle von Werner Munzingers Strohhaus ein einstöckiges Steinhaus steht. Eine mannshohe Steinmauer zieht sich um Hof und Haus und Garten, und ein gefährlich aussehender Hund stellt sich schlafend im Schatten des Steinhauses. Nach mehreren nächtlichen Besuchen hat Werner eingesehen, daß er seine Silbertaler, die er als Fremder zum Überleben braucht, schützen muß.

Ist Werner überhaupt zu Hause? Die Tür ist fest verschlossen, die Feuerstelle kalt, das Maultier hat sich losgerissen und frißt Salat im Garten.

»Wach auf, Werner Munzinger! Heute ist ein großer Tag für dich!« Das Männlein ist noch aufgeregter als gewöhnlich. Es wieselt vor der Tür hin und her und klopft und ruft, bis die Tür aufgeht und Werner mit verklebten Augen ins Tageslicht blinzelt.

»Ein Freudentag! Wasch dich! Mach dich schön! Zieh deine feinsten Kleider an! Rasier dich!«

Werner brummt. »Ich rasiere mich nie. Die paar Härchen lohnen die Mühe nicht.«

Der Mönch schaut Werner streng ins Gesicht, dann schlägt er ihm die Faust vor die Brust. »Honigwein! Du stinkst nach gestrigem Honigwein! Das ist nicht gut.«

»Laß mich in Ruhe. Die Abende sind lang, wenn man allein ist.«

Das Männchen drängt Werner ins Haus. »Da hast du recht, vollkommen recht. Zeig mir deine Kleider. Ich such dir etwas aus. Hast du zwei Ziegenhäute?«

»Ziegenhäute?«

»Die füllen wir mit Milch und schicken sie Oulette-Mariams Mutter. Du bist verlobt, ich gratuliere!«

»Ziegenhäute?«

»Verlaß dich auf mich. Du hast doch deine Silbertaler noch?«

»Ziegenhäute?«

»Es ging leichter, als ich gedacht habe – zum Glück ist Oulette-Mariam Witwe und keine Jungfrau mehr. Das hat die Verhandlungen wesentlich vereinfacht. Heute morgen verlobst du dich, und am Abend bist du verheiratet.«

»Ziegenhäute?«

»Zwei Ziegenhäute, du Glückspilz. Außerdem mußt du deinem Schwiegervater sechs junge Kühe, drei Ballen Baumwollstoff und eine Wolldecke schicken. Schwiegermama erhält drei Maß Getreide nebst vier silbernen Armbändern. Laß mich nur machen, ich kaufe das alles für dich ein. Du machst dich unterdessen schön.«

Das Kind hört irgendwann zu schreien auf, die

Frauen arbeiten den ganzen Tag, die zwei streitenden Männer werden bis zum Abend nicht einig. Aber bevor die Sonne untergeht, kommt der Mönch zu Werners Haus zurück, und ausnahmsweise hüpft und springt er nicht, sondern wankt unter der schweren Last eines ganz in weiße Tücher gehüllten Bündels. Als er stolpert, lacht das Bündel. Werner kennt dieses Lachen.

Er übernimmt das weiße Bündel und trägt es ins Haus. Die Tür geht zu, eine blaue Nacht bricht an, und der Rest der Menschheit muß draußen bleiben. Denn die Tradition der Bogos will, daß das Brautpaar einen vollen Monat ungestört im ehelichen Heim bleibt und nie aus dem Haus geht. So weiß kein Mensch, was zu jener Zeit im Steinhaus geschieht. Aber immerhin könnte es sein, daß sich im Licht des Vollmondes ein neugieriger Schatten durch Werners Garten schleicht und die Brautleute belauscht.

»Glaubst du, daß wir jetzt gerade unser erstes Kind gemacht haben?«

»Was bist du dumm. Sind alle weißen Männer so dumm?«

»Wieso?«

»Hast du schon einmal ein Baby gesehen? Das ist eine komplizierte Sache – so etwas macht man nicht auf die Schnelle an einem Abend.«

»Ach?«

»Nein, das solltest du wissen. Wie alt bist du eigentlich?«

»Dreiundzwanzig.«

»Da sollte ein Mann wissen, wie man Kinder macht.«

»Dann sag mir: Was haben wir jetzt gerade gemacht?«

»Jetzt haben wir die Nase des Babys gemacht. Eine hübsche Nase, ich fühle sie in meinem Bauch. Aber es bleibt eine Menge Arbeit: zehn Fingerchen mit diesen winzigen Fingernägeln, zehn Zehen, zwei Ärmchen und zwei Beinchen, Bauch, Hals und Kopf, Augen, Ohren, Mund und Zähne, Zunge, Lunge, Magen ... gut, daß wir neun Monate Zeit haben. Sonst würde ich womöglich ein halbfertiges Baby zur Welt bringen.«

»Da müssen wir aufpassen. Die Nase ist gut geraten, sagst du?«

»Eine wunderschöne Nase.«

»Was ist als nächstes dran?«

»Der Mund.«

»Das Mündchen?«

»Ein prächtiges kleines Schmollmündchen ...«

Schon am nächsten Morgen nisten im Strohdach über Werners still gewordenem Haus die Tauben. Der Vorplatz ist nach einer Woche übersät mit Ziegenmist und abgenagten Knochen, und dicke Spinnweben verwehren den Zutritt. Die Nachbarn werfen im Vorbeigehen heitere Blicke auf das verwahrloste Haus. Der hüpfende Mönch kommt jeden Abend in der Dämmerung, legt eine Schale Reis, ein gebratenes Hähnchen oder ein paar Datteln vor die Tür, segnet hastig das Haus und verschwindet in Richtung Zad'amba.

21

Am Morgen des einunddreißigsten Tages verläßt Werner Munzinger das Brautgemach und tritt hinaus auf den Hof. Oulette-Mariam gesellt sich zu ihm. Unter halbgeschlossenen Lidern sieht sie auf ihren Mann hinunter, der an der Feuerstelle kniet und Holz aufschichtet, das Reisig unten und dickere Äste obendrauf.

»Du kannst kein Feuer machen, Werner Munzinger.«

»Natürlich kann ich das.«

»Du kannst kein Feuer machen.«

»Wirst gleich sehen, wie mein Feuer brennt.«

»Das meine ich nicht. Du *solltest* kein Feuer machen.«

»Frauensache? Bitte!« Werner tritt zur Seite, um seiner Frau die Feuerstelle zu überlassen.

»Auch ich sollte kein Feuer machen. Wir brauchen Dienstpersonal. Zwei Mägde für mich und zwei Diener für dich.«

»Das kommt nicht in Frage. Mein Feuer zünde ich selbst an.«

»Du bist dumm. Wer so viele Silbertaler hat wie du, kann nicht leben ohne Dienstpersonal.«

»Ich kann!«

»Du würdest schlecht leben. Du hättest im ganzen Bogos-Land keinen Freund mehr. Alle würden denken, daß du geizig bist und dich nicht von deinen Silbertalern trennen kannst. Die Leute wissen genau, wieviel du mit deinen Handelsgeschäften verdienst. Zwei Mägde und zwei Diener sind das mindeste. Auf lange Sicht am günstigsten wäre es allerdings, Sklaven zu kaufen.«

»Das kommt erst recht nicht in Frage.«

Oulette grinst und zeigt ihre großen, weißen Zähne. »Wie du meinst. Dann nehmen wir Bedienstete.«

Werner macht einen letzten Versuch. »Das Haus ist zu klein. Die zwei Räume brauchen wir für uns.«

»Wir bauen zwei Hütten entlang der Hofmauer. Laß mich nur machen. Nimm dein Maultier und geh – was wolltest du heute unternehmen?«

»Messungen für die Landkarte machen.«

»Geh deine Messungen machen. Und wenn du zurückkommst, stelle ich dir deine Diener vor.«

Werner packt Schreibpapier, Meßlatte, Winkelmeßgerät, Fernrohrkompaß und Barometer auf das Maultier und macht sich davon. Und während er kreuz und quer durchs Bogos-Land reitet und mißt und rechnet und zeichnet, fragt er sich: ›Silbertaler, Schutzmauer, Steinhaus, Mägde, Diener – habe ich das alles gewollt?‹

Werner ist nicht mehr allein. Im Schutz seiner Mauern leben sechs Menschen; wenn man den dicken Mohammed dazuzählt, der in Massaua auf das Lagerhaus achtgibt, sind es sogar sieben. Die wollen alle ernährt und gekleidet sein. Werner Munzinger verkauft Kolonialwaren nach Europa, und die sich häufenden Silbertaler investiert er in fruchtbare Äcker und fette Weiden, in Saatgut und Vieh. Schon bald gehört er zu den wohlhabendsten und einflußreichsten Männern des Landes. Und wenn das Geld einmal nicht reicht für eine Anschaffung, schreibt er einen Artikel, zum Beispiel für *Petermanns Geographische Mitteilungen*, Berlin. Denn das zivilisationsmüde Europa interessiert sich brennend für alles, was noch den Hauch des richtigen Lebens atmet.

Ein Jagdausflug im Lande der Bogos
Von Werner Munzinger

Müde und halb krank von den Geschäften des Alltags, entschloß ich mich, ein paar Tage auf der Jagd zuzubringen. In der Ebene von Shotel, etwa zehn Kilometer südlich von Keren, vernahm ich von den Hirten, daß die Gegend von Rhinozerossen voll sei. Ich vertiefte mich mit meinen zwei Dienern, die meine Gewehre trugen, im Gehölz. Wir fanden sogleich zahlreiche Rhinozerosspuren, die sich vielfach kreuzten. Ich ging voran, einer meiner Leute hinter mir; der andere blieb etwas zurück, um sich über den Lauf einer frischen Spur zu vergewissern. Ich war kaum in das Gehölz hineingetreten, als ich zwanzig Schritte vor mir das dem Rhinozeros eigentümliche Schnauben hörte. Ich nahm das Gewehr meines Dieners. Mein eigener Stutzen, der viel genauer und kräftiger ist, der mich nie im Stich läßt, den ich immer selbst lade und putze, der mein Bettgenosse ist, befand sich unglücklicherweise beim anderen Diener, der noch immer wohl vierzig

Schritte von mir entfernt war. Auf ihn zu warten, war es zu spät; denn das Rhinozeros zeigte mit seinem Schnauben, daß es uns wahrgenommen hatte. In einer Minute mußte es entweder uns auf dem Leibe oder entflohen sein. So bewaffnete ich mich mit dem unzuverlässigen Stutzen und bewegte mich in der Richtung, woher das Schnauben kam, vorsichtig vorwärts; hinter einem Dornengebüsch befanden sich zwei Rhinozerosse, eine Mutter mit einem fast zwei Ellen langen Horn und ihr wohl dreijähriges Junges. Sie waren kaum zehn Schritte von mir entfernt, ohne meiner gewahr zu werden; ihre Aufmerksamkeit war auf meine beiden Leute gerichtet, die sich weiter unten befanden, und die Nashörner schickten sich an, sich auf sie zu werfen. Ich legte auf das Ohr der Mutter an, zielte lange – denn diesmal wollte ich ganz sicher sein, die Gelegenheit war zu köstlich –, ich zielte lange und schoß – die Kapsel platzte, ohne das Pulver zu entzünden. Während ich eine neue Zündkapsel auftat, wandten sich die Tiere gegen mich; doch bevor ich neu anlegen konnte, verschwanden die Nashörner im Gebüsch. Die Schnelligkeit ihres Laufes und das Schnauben, das sie dabei ausstießen, erinnerten an die Lokomotive, die Dampf ausläßt. Es war mir nicht mehr möglich, genau zu zielen; doch mußte ich an das Heil meiner Leute denken, die dem Angriff der Tiere ausgesetzt waren. Ich schoß; diesmal fing das Pulver Feuer; aber ich weiß nicht, wohin die Kugel geraten ist.

Ich war fast zornig, während meine Leute

große Freude über meine Rettung hatten. Denn, meinten sie, hätten sich die Tiere gegen mich gewandt, so wäre ich ohne Zweifel verloren gewesen; denn in meiner Nähe war kein hoher Fels und kein Baum, worauf ich mich hätte flüchten können.

Wir suchten die Spuren der verschwundenen Tiere; doch hatten sie so große Sätze genommen, daß es gleich vernünftig gewesen wäre, ihnen nachzugehen, wie einem abgegangenen Eisenbahnzuge nachzueilen.

Müde und durstig setzten wir unseren Weg bis zur unteren Quelle fort. Da entdeckte einer meiner Diener etwas Großes, Wildähnliches, das gerade am Rande des Wassers unter einem Baume im Schatten sich bewegte. Wir glaubten von neuem ein Rhinozeros zu finden, schlichen uns näher, wurden aber bald enttäuscht; es waren nur zwei wilde Rinder. Ich näherte mich bis vielleicht auf zweihundertfünfzig Schritte und schoß. Darauf fielen gleich beide Tiere um, da sie hintereinander gestanden hatten. Die Kugel hatte das voranstehende durchbohrt und das hintere leicht verletzt, so daß es noch entfliehen konnte.

Wir brachten nun den Tag damit zu, das Rind zu zerlegen und das Fleisch in lange schmale Streifen zu schneiden, die, wenn sie in der Sonne und Luft getrocknet sind, viele Monate sich halten, ohne zu verderben. Nach einer üppigen Mahlzeit legten wir uns in den Schatten der drei immergrünen Bäume, die ein dichtes Schattendach über die Quelle spannten.

Es war ein wahrer Feiertag. Den zivilisierten Menschen in seinen steifen Kleidern und Manieren ergreift in seinem unruhigen Treiben oft ein Sehnen nach der alten, einfachen Zeit, wo man auf Äußerlichkeiten einen geringen Wert legte und eine faule, behagliche Armut den oft sehr trügerischen Genüssen einer nie zufriedenen Zivilisation vorzog. Der noch nicht verrostete Europäer gewöhnt sich sehr leicht an die Sitten wilder Völker und gefällt sich darin, weil diese Barbaren natürlicher sind und sich das Leben noch behagen lassen, während ein Wilder, nach Europa verpflanzt, sich nie wohl fühlen wird, gleich einer tropischen Pflanze, die in einen botanischen Garten verbannt ist. Das Interesse, das uns die Reisebeschreibungen aus Afrika und Amerika, das uns Romane aus dem Leben der Wilden einflößen, hat denselben Grund. Die Schilderung einfacher, natürlicher Sitten und Gefühle erinnert uns an das verlorene Paradies; wir fühlen, daß wir mit aller Kultur zu weit gegangen sind; das Äußerliche hat das Innerliche ersetzt, die Höflichkeit ist an die Stelle der Freundschaft getreten, die Materie an jene des Geistes. Dies waren ungefähr die Gedanken, die sich mir an jener Quelle aufdrängten. Ich streckte mich faul auf dem Rasen aus, hing ihnen nach, und der Traum meiner Jugend war wenigstens für einen Tag erfüllt. Mich umgaben unzivilisierte Menschen, keine Engel, aber Naturkinder, deren Laster sich noch unter die Zehn Gebote bringen lassen; ich befand mich in einer fast nie beschrittenen, nur von wilden Tieren bewohnten Wildnis; auf einer Jagd, wo die Gefahr den Reiz erhöht.

Gegen Abend errichteten wir unser Nachtlager. Wir bauten einen soliden Zaun aus den Ästen des Dornenbaumes, häuften eine große Menge dürren Holzes auf und zündeten zwei Feuer an. Niemand dachte an Schlaf, und wirklich war es kaum Nacht, als von ferne zwei Löwen im Duett zu brüllen anfingen. Die Feuer loderten frisch angezündet zum Himmel empor, die Gewehre wurden sorgfältig nachgesehen. Die Löwen näherten sich immer mehr und kamen endlich zum Wasser, wo sie von neuem ihr Gebrüll anfingen, das von ferne majestätisch, von nah ziemlich gemein tönt. Sie näherten sich mehrmals unserer Umzäunung, jedoch ohne sie anzugreifen. Löwen sind leicht zu verscheuchen, wenn man ein brennendes Holzscheit nach ihnen wirft oder sie mit der Steinschleuder trifft. Endlich ging der Mond auf; die zwei Löwen schienen sich entfernt zu haben, während ein dritter die ganze Nacht sich um die Quellen herumtrieb. Es schien uns gegen Mitternacht, als wenn er sich auf etwas gestürzt habe; wir hörten ein Schnauben, einen unterdrückten Schrei und dann eine ununterbrochene Stille. Der Morgenstern fand uns wachend neben unseren halberloschenen Feuern.

Im Licht des Morgens fanden wir etwa hundert Schritt von der Quelle entfernt die Reste eines Rinds, das der Löwe in der Nacht getötet und gefressen hatte. Von dem ganzen Tiere waren nur die Haut und die zwei Vorderbeine übrig.

Während der eine Diener das Frühstück bereitete, streifte ich mit dem anderen zwischen den Steinblöcken und Dornen am Saum des Berges entlang in der Hoffnung, vielleicht auf ein weidendes Nashorn zu stoßen. Wir waren schon auf dem Rückweg und dachten ans Frühstück, als uns ein tragikomisches Abenteuer zustieß, das uns teuer hätte zu stehen kommen können. Die Felsenwände über der Quelle nämlich sind belebt von Tausenden von mittelgroßen Affen, die diese Gegend als ihr Revier betrachten. Wir waren wohl noch fünf Minuten davon entfernt, als wir bemerkten, daß die ganze Affenschaft ein scheußliches Gebrumme anfing. Wir sahen wohl, daß es uns galt. Hat der Affe Angst, so schreit er; ist er zornig, so brummt er. Daß der Affe den Menschen anzugreifen wage, wollte mir trotz aller Versicherungen der Landeseinwohner nie in den Kopf, und ich war sehr erstaunt, als die ganze Truppe im Sturmschritt in dichter Kolonne sich ganz gerade gegen uns in Bewegung setzte. Von der Gefahr noch nicht überzeugt, wollte ich nicht unnütz mein Blei verschwenden, und vor dem Affenschießen hat es mir immer gegraut. Doch war die Kolonne im Halbmond schon sechzig Schritte uns nahe gerückt, und die Gefahr war augenscheinlich. Ich legte meinen Stutzen an und schoß, und von den Bergen antwortete ein hundertfaches Echo. Die erschreckte Kolonne machte linksum kehrt und verschwand vor unseren Blikken. Nur der Affe, den ich getroffen hatte, blieb liegen. Ich überließ ihm das Schlachtfeld und lief schnell zu unserem Lagerplatz zurück; denn es behagte mir kaum, mit den Affen einen ruhmlosen, aber gefahrvollen Kampf zu wiederholen. Hundert Hasen töten den Hund, sagt das Sprichwort.

Ich habe seither viel nachgefragt, und man hat mir mehrere Beispiele von Leuten angeführt, die von Affen gefährlich verwundet und nur mit Mühe gerettet worden sind. Ich kenne einen Mann, der infolge von Affenbissen ganz lahm ist. Die Affen umringten ihn, warfen ihn zu Boden und wollten ihm die Gedärme herausreißen, als herbeieilende Leute sie verscheuchten. Der Affenstaat bei Keren hingegen hat sich an den Menschen gewöhnt und tut ihm nie etwas zuleide, während die Affen der Wildnis, die ihn selten zu Gesicht bekommen, ihn natürlich als Feind betrachten.

Der Affe dieses Landes ist zwei bis vier Fuß hoch, das Weibchen etwas kleiner. Das Männchen hat den Hintern nackt und ist oberhalb der Hüfte grau bepelzt, während das Weibchen den ganzen Leib mit braunem Pelz bedeckt hat. Der Hauptfeind der Affen ist der Leopard, der auch in den Felsen wohnt und sich dann und wann die Freiheit nimmt, sein Frühstück in der Affenkolonie zu holen. Die Affen stoßen bei seinem Annähern ihr Gebrumme aus und wehren sich recht gut, wenn sie angegriffen werden. Meinem Hund hat ein Affe ein handgroßes Stück Haut und Fleisch herausgebissen, ganz glatt, wie mit einem Rasiermesser.

Nach dem Frühstück stieß ein Bekannter aus Keren zu uns und überbrachte mir Nachrichten, die mir schleunige Rückkehr anbefahlen. Nur mit schwerem Herzen trennte ich mich von dieser Wildnis und vergaß nicht, uns ein baldiges Wiedersehen zu wünschen.

22

Mai 1856, zweitausend Kilometer westlich von Keren. Auf einem prächtigen Schimmel reitet ein mondgesichtiger junger Mann mit hochgeschlossenem weißem Hemd und schwarzem Schlips in der flimmernden Hitze durch die sudanesische Wüste. Immer weiter entfernt er sich von den grünen Ufern des Tschad-Sees, von wo er vor einem Monat aufgebrochen ist mit einem einzigen, großen Gedanken hinter der runden Stirn: die Quelle des Nils zu entdecken, die schon die alten Griechen suchten, und das sagenhafte Mondgebirge sehen, von dem Europa seit tausendfünfhundert Jahren träumt. Dann wird er nach Deutschland zurückkehren, den Ehrendoktor als Afrikaforscher in Empfang nehmen und spätestens in zehn Jahren in den verdienten Ruhestand treten. Mit Afrika kann Doktor Eduard Vogel wenig anfangen: Die Hitze ist entsetzlich, die Mücken treiben ihn zum Wahnsinn, das Essen spottet jeder Beschreibung, und dann können die Sudanesen nicht einmal Deutsch oder wenigstens Englisch. Doktor Vogel ist einsam. Seine einzige Freude ist sein Schimmel, um den ihn alle beneiden.

Es wird Abend. Eduard Vogel trifft in Borku im Königreich Wadai ein. Er bahnt sich einen Weg durch die dichte Schar nackter Kinder, die aus tausend Strohhütten herbeiströmen. ›Was die Gören bloß haben?‹ denkt Doktor Vogel, die mädchenhaft großen Augen verlegen niedergeschlagen. Er schaut hinunter in die lachenden Kindergesichter, hört ihr unverständliches Geschrei, und das Leuchten ihrer Augen tut ihm irgendwie in der Seele weh. Immer näher umzingeln die Kleinen den Schimmel, der unruhig die Ohren aufstellt; schon greifen die Mutigsten mit spitzen Fingern ins weiße Fell, zwei übermütige Ärmchen umfassen Doktor Vogels rechten Lederstiefel – da macht er sich unwillkürlich frei mit einem heftigen Fußtritt und trifft mit der Stiefelspitze eine weiche Mädchennase, die sofort zu bluten anfängt. Doktor Vogel ist peinlich berührt; das hat er nicht gewollt. Das Mädchen rennt weg, die anderen Kinder lachen und rücken noch näher. An ein Weiterkommen ist nicht mehr zu denken, der Schimmel wiehert, und Doktor Vogel ist in Sorge. »Ach Kinder, wo sind bloß eure Eltern?« ruft er auf deutsch, und die Kinder kreischen vor Freude über die ungewohnten Töne. In seiner Not erwägt der Afrikaforscher schon, die Reitpeitsche zu zücken. Da kommt endlich ein Mann heran, der die Kinder mit gleichgültigen Stockschlägen auseinandertreibt.

»Willkommen im Königreich Wadai.« Der Mann spricht Englisch und wußte schon seit Tagen vom bevorstehenden Besuch. »Ich bin Germa, der persönliche Berater des Sultans. Seine Hoheit hat mich beauftragt, dir ein Strohhaus zu geben und dir jeden Wunsch zu erfüllen.«

Doktor Vogel ist erleichtert.

Germa führt Vogels Schimmel an den Zügeln durch die engen Gassen.

»Ein schönes Pferd hast du da.«

»Ja, sehr schön.«

»Wirklich ein herrliches Tier.«

»Hmm.«

»Du solltest es dem Sultan schenken.«

»Wie? Nein. Wieso?«

»Der Sultan hat von deinem Schimmel gehört und möchte ihn haben. Du bist sein Gast und genießt seinen Schutz. Hör auf mich, ich meine es gut mit dir. Du solltest ihm das Pferd schenken.«

Da richtet sich Doktor Eduard Vogel aus Leipzig in seinem Sattel hoch auf. »Soll das eine Drohung sein? Bestell deinem Sultan, daß ich mein Pferd nicht hergebe, weil ich noch eine weite Reise vor mir habe und nicht zu Fuß gehen will.«

Germa sieht dem Fremdling stirnrunzelnd in die Augen. Dann zuckt er mit den Schultern und läßt die Zügel los. »Dort hinten steht deine Hütte. Eine Dienerin wird dir Essen und Trinken bringen. Ich selber werde am Abend noch einmal vorbeischauen.«

Der Mann läßt Doktor Vogel stehen. Kaum ist er weg, rücken schreiend die Kinder wieder heran. Der Abenteurer flüchtet in sein Haus, das Pferd nimmt er vorsichtshalber mit hinein.

Abend. Schritte kommen näher.

»Na, Eduard Vogel? Alles in Ordnung?«

»Danke. Danke verbindlichst.«

Germa drängt Doktor Vogel zurück ins Haus und schließt sorgfältig die Tür. »Ich habe mit dem Sultan über dein Pferd gesprochen. Er war sehr verwundert, daß du ihm seinen Wunsch nicht erfüllen willst. Ich habe ihm erklärt, daß in Deutschland Gastgeschenke nicht üblich sind. Das stimmt doch?«

»Ja. Nein. Ich weiß nicht.«

»Du bist ein undeutlicher Mensch, Eduard Vogel. Wie auch immer: Der Sultan läßt dich fragen, welchen Preis du für das Pferd verlangst.«

Eine feine Zornesfalte gräbt sich in Doktor Vogels runde Stirn. »Sag deinem Sultan ein für allemal: Ich gebe mein Pferd nicht her.«

Am nächsten Morgen ist Doktor Eduard Vogels Hütte leer, der Schimmel samt Reiter und Ausrüstung verschwunden. Im ganzen Dorf findet sich keine Spur des steifen Besuchers aus dem Norden. Ist er geflohen und hat sein Pferd vor der Begehrlichkeit des Sultans in Sicherheit gebracht? Doktor Eduard Vogel ist wie vom Erdboden verschluckt, auch in den umliegenden Dörfern weiß niemand etwas, selbst nach Tagen und Wochen nicht.

23

»Jetzt hör auf zu fressen, du Arschloch!«

Jaßkarten fliegen.

»Komm, spiel weiter, reg dich nicht auf.«

Stühle rücken, Gläser klirren.

»Du sollst aufhören zu fressen, sage ich! Entweder fressen oder jassen, beides geht nicht!« Der kleine Rocker Willy fletschte die Zähne, sein schütterer Schnurrbart zitterte hysterisch. Erstaunt ließ ich mein Papierbündel sinken und schaute auf die Uhr. War es wirklich schon zehn Uhr? Das soll nicht heißen, daß die vier Jasser ausnahmslos jeden Abend um Punkt zweiundzwanzig Uhr einen Streit vom Zaun brachen. Das wäre übertrieben; denn sehr oft ging der Lärm erst um zweiundzwanzig Uhr fünfzehn oder noch ein paar Minuten später los.

»Aber du siehst doch, ich fresse und jasse, das geht wunderbar!« Werni hielt die Karten in der linken Hand und die Gabel in der rechten. Die Pommes frites ragten ihm beidseits aus den grinsenden Mundwinkeln. Er sah aus wie ein Nilpferd, das einen Lattenzaun frißt.

»Eben geht's nicht, du Arschloch! Schau doch, was du für einen Mist zusammenspielst – As zu zweit macht man *nie* Vorhand Trumpf, und wenn schon, zieht man ganz sicher nicht an! Hörst du jetzt auf zu fressen, oder hörst du nicht auf zu fressen?«

»Ich fresse, bis der ganze Teller leer ist. Ich hatte eben einen Dreifärber, und den schiebe ich prinzipiell nicht. So gut wie du jasse ich noch lange, da kann ich nebenher gleichzeitig fressen, saufen, rauchen und die Zeitung lesen.«

»Zum letzten Mal: Hörst du jetzt auf zu fressen oder nicht?«

»Erst, wenn der Teller leer ist.«

»Wenn das so ist ...«

Es fliegen noch mehr Jasskarten, ein Stuhl fällt um, zwei Stiefel stampfen zum Ausgang, die Tür fällt ins Schloß.

Ich bestellte noch ein Bier und wollte zu meiner Lektüre zurückkehren, als Werni mir zurief: »He, Turteltäubchen, hast du Lust auf ein Spiel? Wir brauchen einen vierten Mann.«

»Bist du fertig mit Fressen?«

»Jawohl, ich bin fertig. Aber jetzt fang ich an zu saufen.« Die übriggebliebenen Jasser lachten. Da flog die Tür auf, und Willy kam wieder hereingestiefelt. Mit lang ausgestrecktem Arm deutete er auf Werni und schrie: »Nie mehr jasse ich mit dir, du Arschloch!«

»Fein! Das ist nett.«

Willy kehrte zurück an seinen Stammplatz. Wahrscheinlich freute er sich, daß der Stuhl noch die Wärme seines Hinterns abstrahlte. »Im Scheißhaus ersäufen sollte man dich! Fressen und jassen gleichzeitig – ersäufen sollte man dich!«

Dann ging das Gelächter aufs neue los. Willy raffte die Karten zusammen und teilte hastig neu aus, um die verlorene Zeit wettzumachen. Ich faßte mir ein Herz und machte mich auf zur Telefonzelle. Unterwegs kramte ich in meinen Taschen nach Kleingeld. Ich fand ziemlich viel.

»Hotel Carlton, Cairo, good evening?«

»Guten Abend, ich würde gern Miss Polja sprechen.«

»Einen Moment – Sind Sie noch da? Miss Polja ist nicht auf dem Zimmer.«

»Versuchen Sie es bitte auf der Dachterrasse.«

Es knackte und summte, dann war die Leitung wieder klar.

»Hallo?«

»Polja? Hier spricht Max. Max Mohn.«

»Wo bist du?«

»Hör zu, ich muß dir etwas sagen ... die Aussicht von der Terrasse ist wunderbar, nicht?«

»Wo zum Teufel steckst du?«

»Im Ochsen. Tut mir leid.«

»Was?«

»Eben angekommen.«

»Ehrlich? Du blöder Hund.«

»Tut mir leid.«

»Yep.«

»Was hast du gebucht, den PREIS-SCHOCKER?«

»Drei Tage, fünfhundertfünfundachtzig Franken.«

»Dann haben wir uns wirklich knapp verpaßt. Ich bin mit der Maschine zurückgeflogen, die dich hergebracht hat. Tut mir leid.«

Ein paar Sekunden war es still in der Leitung. Dann lachte Polja. Es begann als ein tiefes Brummen, stieg perlend höher, hoch und immer höher, über den Telefonhörer hinaus ins Weltall, wurde dort von einem Satelliten eingefangen und wieder hinuntergeschickt in die Sprechkabine des Restaurant ›Ochsen‹. Ich lauschte diesem Lachen, bis ich merkte, daß ich auch lachte. Dann waren wir still. Einen langen Augenblick hörte man nichts in der Leitung als das Rauschen der Sonnenwinde.

»Ich hätte doch nie im Leben gedacht, daß du tatsächlich ... «

»Dein Brief war ziemlich gut, Max.«

»Tut mir leid.«

»Den Blauen Nil hinauf und hinein ins Mondgebirge. Hier geht gleich der Mond unter. Bei dir auch?«

»Hier schneit's.«

»Ich glaube, ich kann im Gegenlicht die Pyramiden sehen.«

»Schön. Gestern war der Smog zu dicht.«

»Ich bin nicht sicher, aber ich glaube, ich sehe sie. Neben mir sitzen zwei Saudis und machen mir schöne Augen.«

»Und sehen aus wie Laurel und Hardy?«

»Der eine raucht Zigaretten Marke Sport, der andere hat dauernd sein Handy am Ohr.«

»Die kenne ich. Die haben auch mir schöne Augen gemacht. Grüß sie von mir.«

»Mach ich.«

»Wann kommst du nach Hause?«

»Übermorgen 19 Uhr 48, Terminal B.«

»Mir geht gleich das Kleingeld aus.«

»Gute Nacht, Max.«

»Gute Nacht.«

Ich wartete darauf, daß Polja auflegte, und lauschte den lauter werdenden Sonnenwinden. Nach ein paar Sekunden kam das Freizeichen. Ich hängte ein, ging zurück an meinen Platz, bestellte ein Bier und beugte mich über meinen Papierstoß.

24

Keren, im Juli 1858. Zwei Jahre sind vergangen seit Werner Munzingers Hochzeit, und er ist nicht wiederzuerkennen: Aus dem Jüngling ist ein Mann geworden. Auf dem schönsten Maultier im Ort reitet er heim von seinen Weiden und Äckern. Er ist zufrieden mit seinen Bauern – die Rinder sind fett und vermehren sich, die Äcker versprechen eine prächtige Ernte. Bald wird die Landwirtschaft mehr abwerfen als der Handel; das Honorar für seine völkerkundlichen und geographischen Artikel hätte Werner längst nicht mehr nötig. Quer durchs Dorf den Hügel hoch führt ihn sein Weg, wo inmitten von Strohhütten leuchtend weiß getüncht sein Steinhaus steht. Die Männer auf der Straße grüßen respektvoll, die Frauen tuscheln unter der Haustür.

Da erhebt sich plötzlich von überall her fürchterliches Geschrei. Der Lärm scheint aus allen Gassen zu kommen, richtungslos und unvorhergesehen wie ein Sandsturm, der das Sonnenlicht schluckt und den Tag zur Nacht macht. Unruhig stellt Werners Maultier die Ohren auf; immer näher kommt das Wehklagen von Weibern, das Zorngebrüll von Männern. Werner wendet sein Maultier und stellt sich der Woge entgegen.

Allen voran laufen vier junge Mädchen, die von Kopf bis Fuß mit Blut beschmiert sind; es tropft ihnen aus Haaren und Kleidern und hinterläßt auf der staubigen Straße eine breite schwarze Spur. Hinter ihnen folgen vier Männer, die ein blutiges Bündel tragen, gefolgt von einer unüberblickbaren Menschenmenge, welche die Fäuste schüttelt und durcheinanderschreit. Werner sieht genau hin – das Bündel ist ein Männerkörper, dem jemand Kopf, Hände und Füße abgeschlagen hat. Wahrscheinlich mit einem Beil, denkt Werner, und dann schämt er sich seines technischen Gedankens.

»Aus dem Weg, Werner Munzinger!«

Werner steigt vom Maultier und geht auf das blutige Bündel zu. »Wer ist das?«

»Unser Vater! Unser Vater!« schreien die vier zu Tode entsetzten Mädchen.

»Mach Platz, Werner Munzinger! Geh uns aus dem Weg!« rufen die vier Männer, die Lanzen tragen und denen Tränen der Wut in den Augen stehen. Es sind die Brüder der schreienden Mädchen.

»Wohin lauft ihr mit dem Leichnam?«

»Wir töten den Mörder unseres Vaters!«

»Und da schleppt ihr seine Leiche durch die Gegend wie eine geschlachtete Kuh? Kommt in mein Haus, dort wollen wir euren Vater in weißes Leinen hüllen, wie es die Sitte vorschreibt.«

Die Töchter verstummen, die Söhne schauen einander an. Sie kommen zu dem Schluß, daß der Respekt gegenüber dem Vater vordringlich sei, und tragen den Leichnam zum Steinhaus. Werner bringt einen Ballen weißes Leinen, drängt allen Honigwein auf und läßt sich das Drama erzählen.

Das Unglück hatte seinen Anfang einen Tag zuvor genommen. Ein Onkel der jungen Leute war mit seinem besten Freund auf Wildschweinjagd gegangen. Wie es unter Jägern Brauch ist, hatten sie sich getrennt, um einander das Wild zuzutreiben. Als nun der Onkel im Gebüsch ein Rascheln hörte, schleuderte er seine Lanze – und durchbohrte seinen Freund. Voller Entsetzen floh er nach Hause, denn zum Grauen über seine Tat kam die Angst vor der Blutrache. Noch blieb die Hoffnung, daß der Freund überleben würde; sollte er aber sterben, wollte der Onkel sofort den Blutpreis von hundertvierundvierzig Kühen bezahlen.

Der Freund starb in der Nacht. Im Morgengrauen machten sich dessen drei Brüder auf, die Tat zu rächen, wie es das Gesetz vorschreibt. Auf der Straße begegneten sie aber nicht dem Onkel selbst, sondern dessen Bruder, der noch nichts vom Jagdunfall wußte. Nach dem üblichen Gruß und Händedruck durchbohrten sie den nichtsahnenden Vater der jungen Leute mit der Lanze und hieben dem Leichnam die Hände, die Füße und den Kopf ab. Das Schwert des Getöteten nahmen sie als Trophäe mit.

Schrecklicherweise geschah es, daß die vier Töchter des eben Ermordeten an jenem Morgen früh auf Holzsuche gingen und den verstümmelten Leichnam fanden. Die Mädchen warfen sich heulend auf die Leiche und tranken sich vom Blut des Vaters voll, bis die Brüder, vom Geschrei ihrer Schwestern alarmiert, den Körper davontrugen.

Es gelang mir, mit milden Worten ihren ersten Zorn abzukühlen, so daß die Blutrache seitdem keinen weiteren Fortgang gehabt hat. Und da die zwei Todesopfer von gleichem adligen Stand waren, das heißt den gleichen Blutwert haben, so werden die beiden Parteien einst ohne allen weiteren Blutpreis Frieden machen. Man darf nicht außer acht lassen, daß die Blutrache nicht nur ein Recht, sondern eine heilige Pflicht ist. Der Bluträcher schont selbst seine innigsten Freunde nicht, da vor den Toten alle menschlichen Rücksichten verschwinden. Dies ist das Hauptunglück der Stämme und der Hauptgrund der Entvölkerung der Grenzländer Abessiniens. Blut wird nie verziehen, und die Kinder saugen den Rachedurst mit der Muttermilch ein.

25

Keren, ein Jahr später. Werner Munzinger steht hinter dem Haus bei der Pferdekoppel und hat ein seltsames Lächeln im Gesicht. In der Hand hält er ein Büchlein von knapp hundert Seiten. Mal sieht er sein Maultier an und murmelt etwas Unverständliches, dann schlägt er zum x-ten Mal das Buch auf und liest den Titel: »*Über die Sitten und das Recht der Bogos*. Von Werner Munzinger. Mit einer Karte der nördlichen Grenzländer Abessiniens und einem Vorwort von J. M. Ziegler.« Zwischen den Buchseiten stecken Zeitungsausschnitte aus dem ›Oltner Wochenblatt‹: »Werner Munzinger aus Olten hat wieder von sich hören lassen«, und der ›Neuen Zürcher Zeitung‹: »Unser junger Landsmann ist ganz dazu angetan, in die Fußstapfen der Erdforscher und Weltumsegler ersten Ranges zu treten und mehr und mehr die Augen von Europa auf sich zu ziehen.«

An jenem Morgen hat der Kurier noch mehr Post aus Massaua gebracht. Weiß auf rotem Grund prangt ein Schweizerkreuz auf dem Umschlag, darunter steht »Schweizerische Eidgenossenschaft. Bundesrat«. Werner zieht seinen Dolch und schlitzt den Umschlag auf:

... beauftragt Sie der Bundesrat hiermit, an der deutschen Expedition zur Auffindung des verschollenen Dr. Eduard Vogel teilzunehmen. Sie reisen als Vertreter der

Schweizerischen Eidgenossenschaft und erhalten zu diesem Behufe aus der Bundeskasse einen Kredit von 5000,– sFr. Während der Expedition stellen Sie völkerkundliche und geographische Forschungen an und ergänzen die Sammlungen des Polytechnikums. Die schweizerische Landesregierung wünscht Ihnen ...

28. Oktober 1861, Ende der Regenzeit. Die Expedition bricht von Keren auf. Vorerst führt der Weg auf der bekannten Karawanenstraße ins abessinische Hochgebirge. Werner Munzinger reitet auf seinem Maultier voran, hinter ihm der deutsche Geograph Doktor Theodor Kinzelbach, gefolgt von sieben Dienern zu Fuß und ebenso vielen Maultieren, die schwer mit Mehl, Reis, Kaffee, rotem Pfeffer und wissenschaftlichen Instrumenten beladen sind. Nach wenigen Tagen verläßt der Trupp die Karawanenstraße und zieht westwärts gegen Wadai, wo sich vor fünf Jahren die Spur des unglücklichen Doktor Eduard Vogel verloren hat. Der Weg ist übersät mit dem Geröll eines längst zerfallenen Gebirges und überwachsen von stahlhartem Dornengesträuch, dessen Stacheln sich tief in die wundgescheuerten Hufe der Maultiere bohren. Ganze Tage müssen Kinzelbach und Munzinger zu Fuß gehen und die Tiere mühsam im Zaum halten. Mal führt der Weg über Hochplateaus in zweitausend Metern Höhe, dann stürzt er ab in schreckliche Schluchten, überquert tückische Flüsse, um am anderen Ufer qualvoll wieder himmelan zu steigen. Und jeden Tag zeichnen die beiden Forscher an ihrer Landkarte und füllen in enger, platzsparender Schrift die Seiten ihrer kleinformatigen Tagebücher.

Eines Abends wird die Karawane beim Abstieg in ein Tal von der Dämmerung überrascht.

In der Hoffnung, auf ein Dorf zu stoßen, eilen wir das Tal hinunter; die Aussicht auf ein freundliches Lagerfeuer und eine heiße Milch spornt unsere Schritte an. Den Dienern vorauseilend, komme ich mit Hrn. Kinzelbach im Tal an und erblicke zur Linken Lagerfeuer. Wir stolpern über Stock und Stein in der sehr finsteren Nacht. Das Licht läuft vor uns her; wir rufen unsere Gefährten mit Flintenschüssen und haben kaum noch drei und nicht sehr sichere Schüsse, als wir neben dem hohen Lagerzaun ankommen. Da wir weder Tür noch Tor sehen, rufen wir, aber die Hirten, durch das Schießen erschreckt, halten uns für abessinische Soldaten und bedeuten uns, uns schnell fortzumachen. Ein Wort gibt das andere; die Leute des Dorfes, die einen Trupp Soldaten vor sich zu haben meinen, öffnen plötzlich den Zaun und dringen mit wildem Kriegsgeschrei auf uns ein. Die Lanzen blitzen in der Nacht. Ich sehe die Gefahr und bitte Kinzelbach, sein Gewehr bereitzuhalten, da in keinem Fall Flucht etwas nütze; ich ziehe meinen Revolver aus dem Halfter; aber da ich als alter Bewohner des Landes wohl weiß, daß viele Hunde des Hasen Tod sind und Feuerwaffen in der Regenzeit auch den Dienst versagen können; da ich bedenke, daß es hier zu Land fast ebenso mißlich ist, zu töten als getötet zu werden, stecke ich die Waffe wieder an ihren Platz und trete, meine Nilpeitsche in der Hand, in die Mitte der tobenden Hirten. Ich fasse den ersten besten, der mir ein bejahrter Mann zu sein scheint, und frage ihn, was sie zu dieser Handlungs-

weise bringe. Auf mein Zureden besänftigt sich der Haufen; ich beklage mich über die verweigerte Gastfreundschaft. Die Leute erwidern, sie hätten uns für Soldaten gehalten; schon gestern seien sie von solchen übel zugerichtet worden; sie bitten, die Sache nicht übelzunehmen und jetzt mit ihnen zu übernachten. Da aber die Gastfreundschaft einmal verletzt und zu fürchten ist, der Streit könnte zum zweiten Mal ausbrechen, lehne ich das Anerbieten ab.

Ende November ist die nordwestlichste Ecke Abessiniens erreicht. Die Diener wollen nicht weiter vordringen und kehren um. Kinzelbach und Munzinger steigen allein hinunter in die menschenleeren Tiefen der sudanesischen Steppe. Sie reiten durch mannshohes Schilfgras. Riesige Büffelherden ziehen am Horizont vorüber, Elefanten, Nashörner und Giraffen kreuzen ihren Weg. Dann und wann brüllt ein Löwe, nach Sonnenuntergang bellt die Hyäne; das bereitet Werner schon längst keine schlaflosen Nächte mehr. Ganz unbemerkt aber hat sich ihm ein Feind genähert, der schrecklicher ist als alle anderen Gefahren. Noch fühlt Werner sich wohl und in Sicherheit – die Revolver sind geladen, Säbel und Nilpeitsche griffbereit, die Maultiere haben sich gut von der Plackerei im Gebirge erholt. Natürlich sind da die Stechmücken, etwas zahlreicher als in Keren vielleicht, aber daran gewöhnt man sich. Werner schlägt sich mit der flachen Hand auf die Wange und beendet ein kleines Leben. So kann er das Tierchen nicht sehen, und das ist schade. Denn sonst wäre ihm vielleicht aufgefallen, daß die Stechmücke sich anders verhalten hat als alle Mücken, die

Werner jemals im abessinischen Hochland gestochen haben. Diese hier hielt in den letzten Sekunden ihres Lebens den Hinterleib und das hinterste Beinpaar zierlich nach oben, während sie den Rüssel durch Werners Haut bohrte. Das ist ein feiner Unterschied, gewiß, und er wäre nicht der Rede wert, gäbe es da nicht einen zweiten, weit schwerwiegenderen, der zu Munzingers Zeit noch nicht bekannt ist: Diese Mücke trägt den wissenschaftlichen Namen Anopheles, und sie überträgt Malaria. Während sie zusticht, gleiten ein paar winzige Sporentierchen durch den Rüssel unter Werners Haut; und während er gedankenlos seine jukkende Wange reibt, machen sich die Sporentierchen auf zu einer wilden Flußfahrt durch seine Blutbahnen. In den nächsten Tagen wird Werner Berge besteigen, grenzenlose Weiten durchreiten und Wörterbücher zu nie gehörten Sprachen anlegen. Auch wenn er nicht so geschäftig wäre, würde er kaum bemerken, daß die Sporentierchen ihre Flußfahrt in seiner Leber unterbrechen. Zwei Wochen bleiben sie dort und vermehren sich kräftig. Aber am 9. Dezember 1861 verlassen die Sporentierchen Werners Leber, schlüpfen in vorbeiziehende rote Blutkörperchen wie Landstreicher in einen Planwagen. Und während Werner ißt und nachdenkt und schreibt und sein Maultier bepackt, vermehrt sich jedes Sporentierchen zehn- und zwanzigfach.

Am 12. Dezember klettern Munzinger und Kinzelbach auf den Berg von Algeden, etwa siebzig Kilometer östlich von Kassala; abends fühlt sich Werner schlecht. »Ich werde mich auf dem Berg wohl erkältet haben«, schreibt er in sein Tagebuch – aber das ist es nicht. Die infizierten roten Blutkörperchen sind zerfallen und haben Millionen von Sporentierchen samt zugehörigen Giftstoffen freigegeben. Werners Körper reagiert mit 41 Grad Fieber. Am Tag darauf liegt er im Schatten eines Gebüschs, krümmt sich unter rasenden Kopfschmerzen und Bauchkrämpfen, fast besinnungslos übergibt und entleert er sich in den Staub, und Theodor Kinzelbach sitzt von früh bis spät ratlos daneben. Am nächsten Morgen geht es Werner Munzinger besser, die Reise kann weitergehen. In Werners Adern aber bahnt sich das nächste Drama an: Die Sporentierchen sind in zwanzigfacher Zahl über unversehrte Blutkörperchen hergefallen, um sich aufs neue zu vervielfachen und in achtundvierzig Stunden einen neuen Fieberschub auszulösen.

Chartum, 18. März 1862

Lieber Walther!
Unsere liebe Mutter will meinen Beteuerungen nie Glauben schenken, daß ich wohlauf bin und keinerlei Not leide. Diesmal geht es mir wirklich schlecht. Eine exzessive Erkältung, die sich meiner bei der Besteigung des hohen Berges von Algeden bemächtigte, trug mir das erste Fieber meines Lebens ein. Ein paar Tage Ruhe hätten mich vielleicht wiederhergestellt, aber die Nachricht, daß sich abessinische Soldaten auf Raubzug näherten, zwang uns zur Weiterreise. Um das Unglück vollzumachen, erkrankte dann auch Herr Kinzelbach infolge eines Sonnenstichs.

So kamen wir mit viel Mühe den 22. Dezember in Kassala an, wo wir uns in eine Hütte legten und mehr als sieben Wochen das Licht der Sonne kaum mehr sahen. Wir ermangelten jeder Pflege, da jeder von uns für sich selbst zu sorgen hatte und die geängstigten Dorfbewohner Besseres zu tun hatten, als Christen zu pflegen. Immer wieder hatte ich Fieberanfälle, die mich fast herunterbrachten und mir jede geistige Arbeit verboten.

Trotzdem hat sich die Reise bisher gelohnt. Beim Volk der Kunama habe ich vorgefunden, was ich bisher für undenkbar hielt: einen Menschenschlag, der weder Götter kennt noch Götzen, kein Gebet und keine Offenbarung. Ganz wie unsere materialistischen Philosophen sind sie überzeugt, daß jede Idee von einem Leben nach dem Tode ein törichtes Hirngespinst sei. Ihre Religion, wenn es denn eine ist, beschränkt sich auf eine unendliche Ehrfurcht vor dem Alter und eine ehrerbietige Pflege der Grabstätten. Ist's gut oder schlecht? Ich weiß nur, daß diese Menschen Demokraten sind wie sonst kaum jemand auf der Welt; sie kennen keine Aristokratie der Geburt, des Geldes oder des Geistes, keine Sklaverei und keine Familie; alles geht in der Gemeinschaft auf. Die Ordnung erhalten sie aufrecht durch ein Gleichgewicht der Kräfte, in dem keiner besser ist oder sein will als der andere. So sehen wir ein Volk, das keinen Staat und keine Kirche nötig hat, um friedlich und glücklich zu leben; wenn man es vor dem Luftzuge der Geschichte bewahren könnte, würde es noch hunderttausend Jahre existieren, ganz im Gegensatz zu den aristokratischen Nachbarvölkern Abessimens, die sich aus Adelsstolz, Habsucht und Ehrgeiz gegenseitig vernichten.

Erst nach sieben Wochen fiebriger Langeweile auf dem Krankenlager waren Kinzelbach und ich so weit wiederhergestellt, daß wir den 10. Februar nach Chartum aufbrechen konnten. Der Bequemlichkeit halber ritten wir nicht dem Sonnenuntergang entgegen, sondern vorerst fünfhundert Kilometer nordwärts nach Ed Damer, wo wir unsere entkräfteten Körper auf eine Barke schleppten und dann flußaufwärts bis nach Chartum fuhren.

Seit unserer Ankunft hier in Chartum am 10. März habe ich nur einen leichten Fieberanfall gehabt; aber du hast keinen Begriff von der Schwäche, die das Fieber hervorbringt. Meine Beine können mich kaum tragen; ich bin sehr empfindlich gegen die Sonne geworden, der ich mich früher barhaupt aussetzte; rheumatisches Zucken und Zwicken in Bein und Rücken mahnen mich daran, daß ich noch immer Patient bin. Die Weiterreise wird auch nicht gerade eine Badekur werden, aber wir wollen das Beste hoffen.

Zu meiner Freude erreichte uns aus Deutschland ein Brief des Expeditionskomitées, dem auch die für die Weiterreise erforderlichen Geldmittel beilagen. Allerdings habe ich auch schwärzliche Hintergedanken. Um nach Wadai zum verschollenen Doktor Vogel vorzudringen, müßte ich das ganze Königreich Darfour von Osten nach Westen durchqueren; nun ist das aber seit Menschengedenken keinem Fremden mehr gelungen, schon gar nicht einem bleichgesichtigen Christen. Bis nach El Obeid sollten wir eigentlich gefahrlos gelangen. Dort aber werde ich die besterfahrenen

Leute zu Rate ziehen; gegen ihre Meinung werde ich nichts tun; so ist mir das Leben noch nicht verleidet, daß ich mit Gewalt das Eindringen in Darfour versuchen wollte. Hier in Chartum zumindest wird uns von allen Seiten abgeraten.

Was mich vor Darfour schreckt, ist nicht sowohl der Tod als lange Gefangenschaft, die dem Fremden droht. Du begreifst wohl, daß ich jetzt nicht aufgeben kann; aber ich muß dir sagen, daß ich nach meinem langen Fiebern besonders gewünscht hätte, wieder einmal einen ganzen Monat bei Euch den europäischen Komfort zu genießen.

Ich werde kaum fähig sein, mein Tagebuch von der bisherigen Reise hier in druckreife Form zu bringen; die Hitze ist groß, der Leib schwach und der Geist auch, überdies sind wir mit den Vorbereitungen zur Abreise beschäftigt.

Ich schreibe heute dem Komitée über meine weiteren Absichten; ich gebe wenig Hoffnung, und ich habe sie auch nicht. Es ist immer unangenehm, wenn man auf einen mit den Fingern zeigt, sei es in Lob oder Schande. Nun habe ich aber mit meinem Engagement für die Expedition die Bühne der Öffentlichkeit betreten – oh, wäre ich doch in meiner einsamen Dunkelheit in Keren geblieben! Welcher Geist ist es nur, der mich gegen meine Interessen zu den Menschen treibt?

Hoffentlich geht alles gut. Wenn das Geld für die Heimreise nach Europa reicht, werde ich schon bald wieder unter Euch weilen. Dann stellst Du mir Deine liebe Gattin vor, die Dich so glücklich macht. Es muß ein ganz außergewöhnliches Weibsbild sein, daß sie Dir die Ketten der Zivilisation so erträglich macht. Grüße sie einstweilen unbekannterweise von ihrem rastlosen Schwager

Werner Munzinger

Immer noch fiebergeschwächt, lassen sich Munzinger und Kinzelbach im Morgengrauen des 6. April 1862 von Kameltreibern auf zwei gemietete Kamele hieven. Mit geschwollener Leber und schmerzenden Nieren reiten sie gegen El Obeid, vierhundert Kilometer südwestlich von Khartum. Jeden Tag reisen sie morgens von fünf bis neun und abends von vier bis acht Uhr. Die sengend heißen Mittagsstunden verbringen sie im Schatten eigens mitgebrachter Zelte, die Nächte auf hohen Bettgestellen zum Schutz vor Schlangen und Skorpionen. Munzinger und Kinzelbach genießen den Luxus, den sie sich dank der Geldanweisung des Expeditionskomitees leisten können; die Kamele sind reichlich mit Brennholz und Futter beladen, und an den Sätteln hängt eine beträchtliche Anzahl Wasserschläuche.

Am 20. April 1862 reiten die beiden in El Obeid ein. Die zwei Kameltreiber sind die ganze Strecke vor den Kamelen hergelaufen, um Skorpione und anderes Giftgewürm aufzuspüren und mit der Lanze zu töten.

26

El Obeid, 10. Juli 1862.

»Schick diese Frau weg!« Theodor Kinzelbach schlägt die Hände vors Gesicht. »Ich bitte dich um unserer Freundschaft willen: Schaff sie mir aus den Augen!«

Die Frau lächelt verständnislos, Werner Munzinger grinst. »Fürchtest du dich?«

»Mach du dich nur lustig! Ich bin es nicht gewohnt, daß Tag und Nacht ein nacktes Weib zu meinen Füßen kniet!«

»Du bist undankbar, Theo. Die Frau hat uns beiden hundertmal den Schweiß von der Stirn getupft und uns abgewischt, wenn wir im Fieber die Kontrolle verloren. Da wäre es das mindeste, daß du dich von deiner freundlichen Seite zeigst.«

Die Frau ist Eigentum von Werners Gastgeber Ahmed Sogheirun, dem Scheich der Kaufleute in El Obeid und Gebieter über sechshundert Sklaven. Seit bald drei Monaten sitzen Munzinger und Kinzelbach in El Obeid fest und warten auf die Rückkehr des Kuriers, den sie nach Wadai ausgeschickt haben. Denn ohne ausdrückliche Erlaubnis des Sultans darf kein Fremder es wagen, dessen Reich zu betreten; bisher ist es erst einem Europäer gelungen, Wadai zu besuchen und es lebendig wieder zu verlassen, nämlich dem Engländer Browne im Jahr 1793.

Werner ist in Sorge. Während der langen Wartezeit sind die Geldvorräte geschwunden, und die Regenzeit naht; ist sie erst einmal da, wird die Weiterreise unmöglich oder zumindest sehr beschwerlich. Und die Aussicht, weitere drei Monate in El Obeid auf dem Krankenlager zu verbringen, erfüllt Kinzelbach und Munzinger mit Todesangst.

Aber am Abend jenes 10. Juli treffen im Sonnenuntergang zwei Reiter ein. Sie binden ihre Kamele vor Munzingers Hütte fest, und der eine tritt über die Schwelle. Es ist der langersehnte Kurier.

»Sei gegrüßt, Werner Munzinger. Ich habe eine gute und eine schlechte Nachricht. Welche möchtest du zuerst hören?«

»Die schlechte.«

»Du kannst nicht nach Wadai reisen. Hier ist die Antwort des Sultans.«

> An den ehrenwerten Werner Munzinger in El Obeid!
> Lob sei Allah, dem Herrn der Welten, dem Nachsichtigen, dem Geber, dessen Güte uralt ist, dem Besitzer der Gnade und des Wohlwollens, dem Heiligen, von Unsauberkeit und Flecken Reinen. Gebet und Gruß sei über unseren Mohammed, den Herrn aller Menschenkinder, sowie über alle Propheten Gottes, wie über den Stamm Mohammeds und seine Genossen alle zusammen. Diesen Brief schickt Euch der Knecht Allahs und Fürst der Gläubigen, Sultan Mohammed el Hüssein, Sohn des seligen Sultan Mohammed El Fadhl, Enkel des Sultans Abdurrahman

des Gerechten und Urenkel des Sultans Ahmed Bekr.

Hochgeachteter Werner Munzinger! Eurem Brief entnehmen wir, daß Ihr zusammen mit Eurem Freund uns besuchen wollt, um nach Eurer Gewohnheit Umschau zu halten in unseren Landen. Ihr wißt, daß das Zusammenkommen von Christen und Mohammedanern von alters her weder verboten noch unerwünscht ist, und sollte sich daraus ergeben, daß ein Christ in den Glauben des Islam eintritt, so ist es ein großes Glück und unser höchster Wunsch. Wer aber nicht eintritt, kann ebenfalls ohne Sorge sein, denn Handel und Wandel bestehen zwischen Christen und Muslims ohne jede Schwierigkeit.

Ihr wißt aber auch, daß unser Land ein Land schlechter Luft und schädlichen Wassers ist; so ist vor einiger Zeit der französische Arzt Cuny zu uns gekommen. Er bekehrte sich zum Glauben des Islam, blieb fünf Tage bei uns und ging dann zu Allah über. Darauf behaupteten böse Zungen, der Sultan von Darfour lasse Fremde töten; solche Gerüchte aber mögen wir nicht, denn was hätten wir vom Blut der Fremden!

Wir alle wissen aber, daß Allah – Lob sei ihm! –, der Erhabene, jede Menschenseele in ihren Körper gesetzt hat. Mit seiner ewigen Vorsehung hat er ihr die Zeit ihres Verbleibens vorausbestimmt, und niemand kann daran etwas ändern. Wie viele Mohammedaner sind in den christlichen Reichen gestorben und wie viele Christen in den Ländern des Islam! Jeder in seiner Religion, ohne Zwang und ohne üble Nachrede.

Wenn Euch nun keine schlimmen Gedanken und Zweifel befallen, so schreibt uns schnell eine Antwort, auf daß wir Euch die Erlaubnis zum Hereinkommen geben, wenn uns Allah bis dahin noch leben läßt. Ihr mögt uns dann in Darfour besuchen und von da wieder zurück nach El Obeid reisen. Was aber die Weiterreise nach Wadai betrifft, so ist das eine untunliche Sache, die wir nicht zulassen können. Denn unser Gebiet ist weitläufig, und wir haben nicht viel Vertrauen zu unseren Untertanen; die Sudanesen entsetzen sich auf eine absonderliche Weise über den Anblick eines weißen Menschen, und niemand weiß, was sie in ihrem Schrecken anzurichten imstande sind.

Falls Ihr nun mit diesem Brief einverstanden seid, so schicken wir Euch einen Diener, der Euch auf dem Weg bewachen und leiten wird. Benachrichtigt uns schnell über Euren Entschluß, damit wir den Diener bald nach El Obeid entsenden können.

Munzinger reicht den Brief Kinzelbach. Das war's, die Expedition ist zu Ende. Enttäuscht und erleichtert beginnt Werner zu rechnen: zwei Wochen Rückreise bis Khartum, weitere zwei Wochen bis Kassala, noch eine Woche bis Keren. Dann wäre er zu Beginn der Regenzeit wieder zu Hause, könnte sich vom Fieber erholen, seine Geschäfte in Ordnung bringen, von Oulette-Mariam Abschied nehmen, und dann, vielleicht noch vor

Weihnachten, zurück nach Europa reisen nach über zehn Jahren. Spazierengehen an der Aare, lange Gespräche mit dem Bruder, die Mutter ans Herz drücken. ›Mein Gott!‹ Werner seufzt beinahe laut auf. ›Durchs Schneegestöber zum Gasthaus laufen! Den Schnee vom Mantel schütteln! Sich hinsetzen auf der Eckbank beim Kachelofen! Eine Rösti bestellen und eine Bratwurst und ein großes, kaltes Weizenbier in einem wunderbar sauberen Humpen!‹

Da legt ihm jemand die Hand auf die Schulter. Es ist der Kurier, der fragt, ob Werner die gute Nachricht nicht hören wolle. Doch, natürlich. Der Kurier eilt hinaus und kehrt mit dem zweiten Reiter zurück. Den habe er in Darfour kennengelernt, und der wisse aus erster Hand, was mit Doktor Eduard Vogel geschehen sei. Werner Munzinger spricht lange mit dem Mann, läßt sich sicherheitshalber alles drei- und viermal erzählen. Dann entlohnt er den Kurier, setzt sich an den eigenhändig gezimmerten Tisch und schreibt einen Brief an das Expeditionskomitee im fernen Deutschland. Ohne Anrede und Einleitung berichtet er vom traurigen Schicksal des unglücklichen Doktor Eduard Vogel:

Dr. Vogel hatte ein sehr schönes Pferd; Germa, der Schutzherr Vogels in Wadai, bedeutete ihm, er möge es dem Sultan schenken. Damit aber war Vogel nicht einverstanden. Dann wollte Germa es kaufen, was auch abgeschlagen wurde. Daraufhin machte Germa dem Sultan weis, daß Vogel das Land verhexe, indem er mit Feder ohne Tinte – nämlich mit Bleistift – schreibe. Im übrigen sei Vogel ja Christ und somit vogelfrei. Mit dem Segen des Sultans und von Soldaten begleitet, trat Germa also vor Vogels Hütte und gab vor, der Sultan wünsche ihn zu sehen. Als der Weiße aber hervortrat, wurde er sofort niedergehauen, und Germa bemächtigte sich des Pferdes und der übrigen Habseligkeiten. Dies geschah in den ersten Tagen des Mai 1856.

Daß ein so teurer Mensch wie Eduard Vogel wegen eines Pferdes, eines elenden Pferdes, das Leben lassen mußte, will unserer Logik so wenig einleuchten, daß ich einige Erläuterungen darüber zu geben gezwungen bin.

Im monarchistischen Afrika geht der Staat im König auf. Die Herrschaft soll die Herrschsucht befriedigen und dient vor allem dazu, den Herrscher zu bereichern. Das gilt nicht nur für den König, sondern auch für die Gewalthaber auf niedrigeren Stufen. Der Hochgestellte erwartet von seinem Untergebenen Geschenke; denn nur mit Geschenken kann sich der Rangniedrige das Recht zu leben erkaufen. Ein angeborenes Recht, unangetastet zu leben, gibt es hierzulande nicht. Um ein ruhiges Dasein zu fristen, genügt es nicht, die wenigen Gesetze zu beachten und die meist unbedeutenden Steuern pünktlich zu zahlen. Viel wichtiger sind die indirekten Steuern, die kein Gesetz festlegt und die doch viel regelmäßiger bezahlt werden: die Geschenke nämlich. Die sind viel lästiger als die gewöhnlichen Steuern, und niemand, selbst der Mächtigste nicht, darf sich über diesen Brauch hinwegsetzen in Ländern, in denen alles doch nur abhängt vom guten Willen der Richter und Beamten. Der Mächtige reagiert äußerst empfindlich, wenn man ihm die Geschenke verweigert, denn er muß annehmen, daß man seine Macht weder achtet noch fürchtet. Ein Mann aber, den niemand fürchtet, hat in Afrika schnell keine Macht mehr.

Für die Einheimischen ist dieses System erträglich: Ein jeder hat seine Familie und seine Freunde, die ihn beschützen, ein jeder hat zeitlebens Gelegenheit, sich seinen Herren nützlich und unentbehrlich zu machen, und jeder ist zumindest ein guter Muslim, dem man hin und wieder schon einen Mißtritt verzeihen darf.

Der fremde Gast entbehrt all dieser Vorteile; ohne Freund, ohne Familie, ohne Vaterland, der Sprache nur halb mächtig, fremd durch Hautfarbe, Sitte und Denkungsart, heute hier, morgen fort, ist er allein auf die habsüchtige Gutmütigkeit seines Wirts angewiesen. Sein Wohl interessiert niemanden, da er doch nur vorüberreist, sein Tod bleibt unbeweint. Eine Kuh ist dem Herrn lieber als sein Gast, den er gewöhnlich zu beerben hofft.

Ist der Fremde nun aber vollends ein Christ, ein Feind des Propheten, so erregt schon sein Anblick Abscheu. So weh es unserem Selbstgefühl tut, so wahr ist es doch, daß der Fremde nur insoweit angesehen ist, als man aus ihm Vorteile erpressen kann. Edle Ausnahmen gibt es schon, sie sind aber eben Ausnahmen.

Wagt es nun der Fremde als freier Mann, ein Begehren zurückzuweisen, so verwandelt sich Habsucht in verletzten Stolz. Der Sultan verlangte Vogels Pferd; er ließ sich nie träumen, daß nur der geringste Einwand erhoben werden könnte, er glaubte im Gegenteil, der

Weiße werde sich sehr geschmeichelt fühlen, seinen Beschützer befriedigen zu können. Nun wagt es der Ungläubige, das blasse Gesicht, der verächtliche Fremde, der geringer ist als der geringste Sklave, sich dem Begehren zu widersetzen! Die Habsucht wollte sein Pferd, die Empfindlichkeit sein Leben.

27

In jenen Tagen des Juli 1862 erlebt Werner Munzinger etwas Neues: Es geht nicht mehr weiter. El Obeid ist der hinterste Winkel der Welt, der Mitte des 19. Jahrhunderts für einen einzelnen weißen Mann zugänglich ist. Werners unstetes Leben ist zum Stillstand gekommen. Aber es ist nicht die Ruhe des in den Hafen eingelaufenen Schiffes, sondern nur das kurze Innehalten eines Balls, den ein Kind senkrecht in die Luft geworfen hat. Denn sobald der Brief des Sultans eintrifft, gerät Werner wieder in Bewegung. Und genauso, wie der Ball zurück in die Hände des Kindes fliegt, reitet Werner Munzinger in seiner eigenen Spur heimwärts – zwei Wochen bis Khartum, weitere zwei Wochen bis Kassala, noch eine Woche bis Keren, wo er kurz vor Beginn der Regenzeit Ende August eintrifft.

Vor dem weißgetünchten Steinhaus steht Oulette-Mariam und sieht ihrem Gatten unter halbgeschlossenen Lidern entgegen. Werner steigt aus dem Sattel und fragt sich, woher um Himmels willen dieses Weib seine unerschütterliche Ruhe hat; immerhin ist er fast ein Jahr weit weg gewesen und war erheblichen Gefahren ausgesetzt.

»Es ist gut, daß du wieder da bist, Werner Munzinger. Es wartet Arbeit auf dich.«

»Die Arbeit kann warten.«

»Diese Arbeit wartet schon sieben Jahre.«

»Ach, *diese* Arbeit! Haben wir die nicht längst zu Ende gebracht?«

»Irgend etwas müssen wir übersehen haben.« Oulette-Mariam zählt an den Fingern ab. »Die Nase haben wir gewiß hundertmal gemacht, das Mündchen auch, die zehn Fingerchen und die Zehen auch ...«

Während die Eheleute gemeinsam die Bestandteile eines Babys aufzählen, schließt sich hinter ihnen die Tür des weißgetünchten Steinhauses, und Werners Maultier trottet zufrieden in den Stall, den es so lange entbehren mußte.

Ende Oktober ist die Regenzeit zu Ende und Munzinger wieder bei Kräften. Er reitet nach Massaua, schaut in seinem Warenlager vorbei und fordert von Mohammed die Profite des vergangenen Jahres ein. Dann fährt er mit dem Postschiff auf dem Roten Meer nordwärts. Die arabische Halbinsel zieht vorüber und dann der Sinai, und Werner denkt mit Wehmut an den griechischen Mönch im Palmenwäldchen des Katharinenklosters. Neun Jahre sind vergangen seit der wortlosen Begegnung der zwei Jünglinge. Werner ist jetzt groß und schwer, sein vormals mädchenhaft weiches Gesicht ist narbig, stoppelig und kantig geworden. Und der junge Grieche? Hat er sich sein ereignisloses Idyll bewahren können? Ist nie eine Katastrophe über ihn hereingebrochen, die ihm das glatte Gesicht umgepflügt hätte? Das Postschiff zieht vorbei am Sinai und legt in Suez an. Werner besteigt den Zug nach Kairo, übernachtet in derselben Herberge wie vor zehn Jahren, folgt weiter seiner eigenen Spur nordwestwärts nach Alexandria, übers Mittelmeer zurück nach Europa.

Am 19. Februar 1863 geht er in dichtem Schneegestöber in Triest an Land; auf der Überfahrt hat er sich eine üble Erkältung zugezogen. Mit triefender Nase und rasselnden Bronchien läuft er an den Piers vorbei zum Bahnhof. Werner staunt: In seiner zwölfjährigen Abwesenheit ist Europa überzogen worden mit einem blitzblanken Netz stahlharter Eisenbahnschienen; sogar in Olten hat man scheint's einen Bahnhof gebaut. Der Bahnhofsvorstand pfeift, der Schaffner schließt die Türen, die Lok zieht an, der Zug verläßt den Bahnhof von Triest – und wenn es dem Leser genehm ist, lassen wir Werner allein auf dessen erster Bahnfahrt, setzen uns hier in ein Kaffeehaus und warten auf seine Rückkehr. Werner wird über Wien, München und Zürich nach Olten fahren, sein Heimatstädtchen neu entdecken, das dank der Eisenbahn blüht und wächst wie eine Goldgräberstadt. Er wird zum Grab des Vaters gehen und zu jenem der inzwischen verstorbenen Mutter; er wird Professor Walther Munzinger in Bern besuchen, der an einem einheitlichen Obligationenrecht für die junge Nation arbeitet, eine stattliche Villa bewohnt und im übrigen sehr verliebt zu sein scheint in seine bezaubernde Marie. Werner wird vor der Landesregierung Rechenschaft ablegen über die Verwendung der 5000 Franken für die Vogel-Expedition, und er wird Freunde und vertraute Kneipen besuchen. Viele alte Bekannte werden ihn nicht erkennen und grußlos an ihm vorbeigehen, andere ihm auf die Schulter klopfen und irgendwas von früher erzählen.

Solothurn, 23. Oktober 1863

Lieber Walther!
Ich verreise also Montag, den 26. , morgens um 5.30 direkt über Olten, Basel. Es thut mir sehr leid, daß ich Euch nicht für länger sehen konnte, aber meine Geschäfte rufen mich fort. Meine besten Wünsche an Deine Gattin Marie; sie ist wirklich reizend und würde sich bestimmt gut mit meiner Oulette-Mariam verstehen. Vielleicht besuchen wir Euch das nächste Mal gemeinsam, oder Ihr beide kommt zu uns nach dem dunklen Afrika; bis dahin verbleibe ich immer Dein treuer Bruder

Werner Munzinger

PS: Ich wünsche incognito, also so still als möglich, zu reisen; der Abschied ist so schon nicht angenehm.

28

Massaua, 28. April 1865

Lieber Walther!
Schon sind anderthalb Jahre seit meinem Besuch in der Heimat vergangen, und ich kann kaum glauben, daß keiner meiner Briefe angekommen ist. Wohl weiß ich um die Gefahren, die unterwegs lauern: Ein Kamel frißt das wehrlose Stück Papier; ein Matrose läßt den Postsack ins Meer fallen; das Postschiff sinkt, wird von Piraten überfallen et cetera. Deine lieben Briefe hingegen haben mich erreicht, und zwar ausnahmslos alle, soweit ich das überblicke. Mit großem Vergnügen nehme ich wahr, daß Du Dich immer wohl befindest und imstande bist, in dieser schäbigen, neidigen Welt Deinen guten Humor zu bewahren.

Ich habe inzwischen das unruhige Leben eines Handelsreisenden geführt. Anfang November 1863 in Alexandria angekommen, den 5. Dezember von Suez fort, den 2. Januar 1864 wieder einmal in Massaua gestrandet. Zwei Tage später bin ich im Auftrag der Zürcher Handelsfirma Koller, Nägeli & Cie. nach Keren weitergezogen, wo mich meine liebe Gattin erwartete. Am 5. Februar ging's wieder weiter nach Kassala und Gallabat, fast zweihundert Stunden weg von hier. Ende Juni war ich wieder zurück, vollbeladen mit Leopardenfellen und Elfenbein. Da mein Magazin noch nicht ganz bis unters Dach gefüllt war, unternahm ich vom 17. Juli bis 7. August einen zweiten Gang nach Keren. Während ich aber die Regenzeit in Massaua absaß, leerte sich mein Warenlager wieder, so daß ich mich Ende Oktober aufs neue zu einer dreimonatigen Reise nach Kassala aufmachte.

Seit Anfang Januar bin ich nun wieder in Massaua, diesem elenden Nest, das inzwischen der ägyptische Khedive dem türkischen Sultan abgekauft hat. Weshalb ich hierbleibe, fragst Du vielleicht und wunderst Dich, daß ich mich nicht gemütlich einrichte in meinem kühlen Steinhaus in Keren, wo das ganze Jahr ein frischer Wind weht. Wenn ich nur könnte, ich würde noch heute fliehen aus der Gluthitze Massauas – aber dann sagt mir die Vernunft, daß die europäischen Handelsschiffe mir kaum folgen würden ins abessinische Hochland. So kann ich wohl sagen: Hab keine Ruh' und keine Rast, nichts, das mir Vergnügen macht.

Am unangenehmsten ist mir das Leben, wenn ich an einem Ort festsitzen muß, besonders in Massaua. Aber jetzt bereite ich mich vor, wieder einmal ins Landesinnere zu ziehen. Auf der Reise ist das Leben leichter; dann hilft die Abwechslung, das immer romantische Biwak, ganz militärisch eingerichtet. Die Bewährungsprobe steht mir bevor, wenn der große Regen die Straßen unpassierbar macht und ich wieder in Massaua eingekerkert bin wie Napoleon auf St. Helena. Da sind drei Monate mehr als genug, um das gute alte Europa schmerzlich ins Gedächtnis zurückzurufen: schlechtes Fleisch, kein Gemüse, schlechter Koch, brackiges Trinkwasser. Mein Hauptgetränk ist Honigwein, aber dieses Jahr ist Honig auch sehr rar. Das Getreide von halb Abessinien haben die Heuschrecken gefressen, ich selbst verlor eine ganz famose Ernte. Wir haben eine schlimme Hungersnot, alle Lebensmittel sind sehr teuer. Mit meinen Geschäften bin ich noch nicht recht im Gleis; Geld kommt langsam und geht schnell. Der Handel füllt meine Tage nicht aus, und das ist schade; denn sonst hätte ich gar keine Zeit zum Unglücklichsein. So habe ich zuwenig Arbeit und doch zuviel; denn die geschäftlichen Verpflichtungen verbieten mir alle wissenschaftliche Betätigung, für die ich mir so viel vorgenommen hatte.

In Massaua habe ich wenig Gesellschaft; früher war ein junger Schweizer aus La Chaux-de-Fonds in meinen Diensten, aber er ist im Dezember plötzlich gestorben. Du mußt nicht denken, das Klima hier sei ungesund; es ist sehr gesund, aber man muß sich vor der Sonne in Acht nehmen. Das hat der arme Jüngling nicht getan, und dafür mußte er sein Leben lassen.

Für einige Abwechslung sorgt zur Zeit eine kleine Kolonie von Engländern, die in offizieller Mission unterwegs sind und sich in Massaua niedergelassen haben. Queen Victoria hat sie beauftragt, den englischen Consul Charles Duncan Cameron zu befreien, der am Hof des abessinischen

Kaisers in Gondar in Ketten liegt. Es ist dies eine lange und merkwürdige Geschichte, und ich will sie Dir erzählen, wenn Du Zeit und Geduld für eine weitere meiner Negergeschichten hast.

Wie Du vielleicht weißt, hat vor sieben Jahren ein kleiner Heerführer namens Kassa den Thron erobert und sich als Theodoros II. zum Kaiser von Abessinien krönen lassen. Er ist ein schöner junger Mann, großgewachsen und bärenstark, ein mutiger Krieger mit scharfen Gesichtszügen, langem geflochtenen Haar und markantem Kinn, immer bekleidet mit einer weißen Hose und einem weißen Hemd, das bis zum Knie reicht. Um den Märchenprinzen komplett zu machen, hat der junge Mann auch hohe Ideale und schöne Ziele: Er will den ewigen Bürgerkriegen in Abessinien ein Ende machen, die Bauern vor der Habgier der Adligen schützen, den Sklavenhandel unterbinden, ein ordentliches Steuersystem einführen et cetera. Theodoros gab zu Beginn seiner Herrschaft zu schönen Hoffnungen Anlaß, und ich will Dir gestehen, daß ich selbst zu seinen glühendsten Bewunderern gehörte. Denn tatsächlich ist er der einzige Mann von Genie im ganzen Land; lange hoffte ich, daß mit seinem Aufstieg ein mächtiges Reich entstehen könnte, unter dessen Schutze unsereins einen segensreichen Handel mit Europa aufbauen könnte. Immer häufiger aber bringen die Karawanen schauerliche Neuigkeiten an die Meeresküste. Demnach zieht der arme Theodoros ohne Unterlaß an der Spitze seines Heeres umher, um in allen Winkeln des Reiches aufständische Stammesfürsten zu unterwerfen. Zu Beginn seiner Herrschaft galt er als weise und mild; nun aber scheint er in endlosen Kämpfen ein blutrünstiger Schlächter geworden zu sein. Bei alledem geht er mit den Besiegten höchst unsanft um: Die Fürsten können von Glück reden, wenn er sie nur entmannen läßt. Andernfalls stopft er ihnen die Ohren mit Schwarzpulver voll und zündet dies an, so daß ihnen die Augen aus dem Kopf springen. Den Offizieren wird ein Fuß und eine Hand abgehackt, die Soldaten zwingt er zu Hunderten, über schroffe Klippen in den Tod zu springen. So hat der friedliebende Kaiser in sieben Jahren mehr Blut vergossen, als zuvor in hundert Jahren den Boden Abessiniens getränkt hat. Es scheint das Schicksal Theodoros' zu sein, daß er sich zum Feind seiner eigenen Ideale macht.

Sein größter Traum ist ein gemeinsamer Kreuzzug der abessinischen und europäischen Christenheit gegen die islamischen Erbfeinde. Die vereinigte abessinisch-europäische Armee würde erst Mekka dem Erdboden gleichmachen, dann Cairo schleifen und schließlich Jerusalem befreien.

Vor zwei Jahren nun hat Theodoros einen Brief an Königin Victoria von England geschrieben, in dem er von Christenkönig zu Christenkönigin um militärische Unterstützung bat. Die Queen ihrerseits bewahrte Haltung angesichts der unerwarteten Vertraulichkeit und schickte dem Negerkönig einen hübschen Revolver mit persönlicher Widmung. Aber das reichte Theodoros nicht: Er wollte erfahrene Männer, die Kanonen gießen können.

Die Monate vergingen, und die Kanonengießer kamen nicht. Letztes Jahr hat Theodoros die Geduld verloren: Er gab Befehl, sämtliche Europäer in seinem Reich in Ketten zu legen. Es sind insgesamt vierundsechzig, unter ihnen der englische Consul Cameron, ein paar deutsche Missionare sowie ein Schweizer Techniker namens Waldmeier mit Gemahlin und Kind. Soweit ich gehört habe, sind alle Geiseln wohlauf. Aber ich habe wenig Hoffnung, daß eine Handvoll Diplomaten mit schönen Worten ihre Freilassung bewirkt.

So, lieber Bruder, nun bist Du wieder in Kenntnis gesetzt über die abessinische Politik. In Deinen Ohren mag das alles abenteuerlich und exotisch klingen; für mich wäre es Abenteuer genug, wenn ich Euch diesen Herbst einen kurzen Besuch abstatten könnte; aber ich vermag nichts zu versprechen, weil die Zukunft nicht von mir abhängt. Ich bin ganz und gar in den Ketten meiner Arbeit gefangen, die aber auf Dir, Du armer Sklave der Zivilisation, noch viel schwerer lasten. Gebe Gott, daß der fremden Gesichter nicht zu viele sind, wenn ich einmal heimkomme, denn für Gesichter bin ich sehr konservativ. Und so hoffe ich, Euch alle wohl und gesund wiederzufinden. Amen.

Spare auch weiterhin hie und da ein Stündchen für mich auf und verzeih mir, wenn ich Dir nicht mit demselben Fleiß antworte; denn 1. bin ich ein anerkannt träger Briefeschreiber; 2. bin ich gleich Uria selten auf einem Platz; 3. will ich bei schlechter Laune nicht schreiben, und die hat man oft in diesem dummen Afrika, das ein wahres Schwarzbubenland ist in Farbe und Charakter. Und nun Gott befohlen und beste Grüße an Deine Gattin Marie, von der Du – zu Recht, zu Recht! – unablässig so schwärmst.

Dein
Werner Munzinger

29

Massaua, 3. Januar 1868. Wie so oft reitet Werner Munzinger auf seinem Maultier südlich von Massaua der Küste entlang. Aber diesmal hat er einen seltsamen Begleiter zur Seite. Weit über ihm sitzt hoch aufgereckt ein Mann auf einem Rappen. Die goldbetreßte Uniform glänzt in der Sonne, der Schnurrbart ist schwarz gewichst, die kniehohen Reitstiefel blitzen. Der Mann heißt Sir Robert Napier und ist Marschall der britischen Kolonialtruppen. Er hat Munzinger als Führer, Berater und Dolmetscher engagiert; denn in London hat man von der Expedition zur Auffindung Doktor Vogels gehört und weiß, daß kein Europäer sich am Horn von Afrika so gut auskennt wie der Sohn des ehemaligen Schweizer Finanzministers.

»Sie werden sehen, Mister Munzinger, die Expedition ist bestens vorbereitet. Es wird uns keinerlei Schwierigkeiten bereiten, die Gefangenen aus den Klauen von Theodoros zu befreien.«

Werner nickt und schweigt. Ihm ist, als hörte er das Grollen eines fernen Gewitters am Horizont. Wäre er nicht gescheiter hübsch und leise in Massaua geblieben, statt sich an einen Mann mit goldbetreßter Uniform und gewichstem Schnurrbart zu verdingen? Andererseits hat ihm der Schnurrbart ein schönes Honorar versprochen; genug, um endlich wieder nach

Olten zu Familie und Freunden zu fahren, die er vier Jahre nicht gesehen hat.

Werner und Marschall Napier sind unterwegs zur Zula-Bucht, die südlich von Massaua hinter dem nächsten Hügelzug liegt. In der Mittagshitze reiten sie eine Geröllhalde hoch, kommen auf der Krete an, schauen hinunter auf die Bucht. Im stillen Wasser liegen dick und träg an die fünfzig Dampfschiffe. Grellrote Bojen markieren die Fahrrinne. Am Strand, der bisher ganz den Muscheln und Krabben gehörte, stehen zwei transportable Leuchttürme und nagelneue Landedocks, an denen die Dampfer einer nach dem andern anlegen. Aus den Bäuchen der Schiffe quellen Soldaten, dann Pferde und Elefanten, Kamele und Kanonen, Branntweinfässer und Mehlsäcke. Werner ist fassungslos.

»Was soll das! Wollen Sie ganz Abessinien erobern?«

Der Schnurrbart lächelt. »Nur keine Angst. Wenn der Feldzug vorbei ist, verladen wir das alles wieder auf unsere Schiffe und fahren zurück nach Indien.«

In der einst stillen Bucht entsteht eine Garnisonsstadt; die Soldaten rammen Zeltstangen in den Wüstensand, fliegende Tabak- und Schnapshändler bauen behelfsmäßige Kioske, und niemand weiß, woher die bunt geschminkten Damen kommen, die in dem Zelt dort hinten wohnen und frech den vorbeischlendernden Offizieren zuzwinkern. Nah am Strand bauen britische Techniker gewaltige Wasserentsalzungsanlagen, die täglich 190 000 Liter Trinkwasser liefern; weiter gegen die Berge zu verlegen Arbeiter dreißig Kilometer Schienen für die Dampflokomotive, die geduldig bei den Docks wartet, und parallel dazu wird ein Telegrafendraht landeinwärts gezogen. Werner bezieht gottergeben das Zelt, das neben dem Hauptquartier des Marschalls für ihn bereitsteht.

Am Nachmittag schickt Marschall Napier Meldeläufer ins Landesinnere, um Flugblätter an die Bevölkerung zu verteilen. Munzinger läßt sich ein Blatt geben und liest:

An die Gouverneure, an die Häuptlinge, an die religiösen Orden, an das Volk von Abessinien!
Ihr müßt wissen, daß Theodoros, der Kaiser der Abessinier, den britischen Consul Cameron und viele andere unter Bruch des Rechts aller zivilisierten Nationen gefangenhält. Mit freundlichen Worten gelang es nicht, die Freilassung zu erwirken. Deshalb hat meine Königin mir den Auftrag gegeben, mit meiner Armee einzuschreiten. Jeder, der zu den Gefangenen freundlich ist und der bei ihrer Befreiung hilft, soll belohnt werden. Jeder, der ihnen Leid zufügt, soll bestraft werden. Volk von Abessinien denke daran, daß die Königin von England nicht unfreundlich gesinnt ist gegenüber den Menschen dieses Landes. Personen, Eigentum und religiöse Einrichtungen werden geschützt. Was die Armee verbraucht, wird auch bezahlt. Wir haben nicht die Absicht, irgendeinen Teil dieses Landes für immer zu besetzen. Wir beabsichtigen in keiner Weise, die Regierungshoheit Abessiniens zu verletzen.

Gezeichnet: Sir Robert Napier, Commandant der britischen Truppen in Abessinien

Zehn Tage später sind die Bäuche der Dampfschiffe leer, die Landung ist abgeschlossen. Über den Talboden verstreut sucht eine ansehnliche Herde die kargen Büsche nach eßbarem Grünzeug ab. Es sind 2588 Pferde, 44 Elefanten, 16 022 Maultiere, 5735 Kamele, 7071 Rinder, 1759 Esel, 1651 Ponys und 12 839 Ziegen. Die Garnisonsstadt zählt 41 004 Einwohner. Nur 14 217 Mann gehören zur kämpfenden Truppe; die übrigen sind Straßenbauer, Viehtreiber, Metzger, Köche, Magaziner, Eisenbahner sowie Militärattachés und Journalisten aus aller Herren Länder.

Am Morgen des 4. Februar 1868 setzt sich die Armee auf der eigens erbauten Heeresstraße in Bewegung. Allen voran reitet Werner Munzinger auf seinem Maultier, gefolgt von Marschall Napier und seinen Offizieren; dahinter die Kavallerie vor den Fußsoldaten und den Elefanten, welche die Kanonen die Berge hochschleppen; den Abschluß bilden die Lasttiere und das Schlachtvieh.

Kilometerweit erstreckt sich der Troß; gemächlich zieht er durch die Wüste, weg vom Meer und hoch in die Berge. Die Dörfer, an denen man vorbeikommt, sind menschenleer, denn die Bauern sind samt ihren Herden und Familien geflohen; sie wissen aus tausendjähriger Erfahrung, daß noch nie ein Soldat etwas Gutes in ein Bauerndorf gebracht hat.

Marschall Napier ist sehr zufrieden. »Klappt alles wie am Schnürchen. Habe ich Ihnen nicht gesagt, daß wir bestens vorbereitet sind?«

»Das haben Sie, mein Marschall.«

Der Marschall nickt zufrieden. »Hoffen wir, daß Ihre Diplomatie genauso erfolgreich ist. Wie hieß noch mal der Mann, den Sie kürzlich besucht haben?«

»Fürst Kassai von Tigre. Er ist der große Gegenspieler von Theodoros und beherrscht den Nordosten Abessiniens. Unser Weg führt zu zwei Dritteln durch sein Gebiet.«

»Was hat der Mann gesagt?«

»Daß er uns freien Durchzug garantiert, wenn wir Theodoros töten. Als Belohnung will er Waffen und Kanonen.«

»Kann er haben. Wenn unterwegs nichts schiefgeht.«

Es geht nichts schief. Nach dreiundsechzig ereignislosen Tagen und sechshundert Kilometern Marsch trifft Werner Munzinger mit der Vorhut der Invasionsarmee am Fuß der Felsenfestung Magdala ein. Kanonen werden in Stellung gebracht, Zelte aufgeschlagen und Fahnen gehißt. Werner setzt sich in einen Klappstuhl und beobachtet die Vorbereitungen zum unvermeidlichen Gemetzel. Senkrecht und hundertzwanzig Meter hoch ragen vor ihm die Felswände von Magdala in die Höhe, wo sich Theodoros verschanzt hat mit viertausend Kriegern und deren zwanzigtausend Frauen und Kindern. Die Festung liegt auf einem Hochplateau von zwei Kilometern Länge und achthundert Metern Breite und ist nur über eine in den Fels gehauene Treppe erreichbar. Werner nimmt an, daß in diesem Moment der stolze Theodoros hinunterschaut auf den furchterregend disziplinierten Feind, der mit seinen Kanonen und Gewehren von so weit her gekommen ist. Werner ahnt die sorgenvollen Gesichter der Offiziere, die ihrem Kaiser in hundert siegreichen Schlachten zur Seite gestanden sind, und er fühlt die hoffnungslose Wut, mit der Theodoros seine Befehle zischt.

Die Schlacht läßt nur vierundzwanzig Stunden auf sich warten. Am Nachmittag des 10. April 1868 entdeckt Theodoros am Horizont eine Staubwolke. Er greift zum Fernrohr, erkennt, daß noch viel mehr britische Truppen im Anmarsch sind, daß also diese schreckliche Armee am Fuß des Berges nur die Vorhut war – und gibt Befehl zum Angriff. Um 16 Uhr bricht die kampferprobte Kavallerie des Kaisers aus der Festung hervor und stürmt, bewaffnet nur mit Lanzen, Säbeln und einigen wenigen Vorderladern, auf den Feind zu. Die Briten sind überrascht, aber dann bringen sich das 23. Infanterieregiment der *Punjab Pioneers* und das 27. der *Beloochees* in Gefechtstellung. Die Schlachterei dauert zwei Stunden. Aus ihren Snider-Repetiergewehren feuern die Briten neunzehntausend Schuß ab, vierhundertmal brüllen die schweren Armstrong-Kanonen auf. Was danach von der abessinischen Armee noch übrig ist, flieht in heller Panik hinein in die Täler und hoch in die Berge. Nur eine Handvoll Veteranen denkt daran, sich wieder nach Magdala an die Seite des Kaisers zurückzuziehen.

Als alles still ist, schreiten Munzinger und Marschall Napier Seite an Seite übers Schlachtfeld. Es werden dreihundertsiebzig tote und zweihundertfünfzig verletzte Abessinier gezählt; Gefangene hat man nur zwei gemacht. Auf seiten der Briten gab es lediglich neunzehn Verletzte (ein Offizier und achtzehn Soldaten).

In der Nacht trifft die Hauptstreitmacht vor Magdala ein, und morgens um fünf steht die ganze Armee in Angriffsformation. Werner Munzinger sitzt neben dem Zelt des Marschalls und wartet auf den Sonnenaufgang.

Plötzlich geht ein Raunen durchs Lager: Zwei Europäer kommen die in den Fels gehauene Treppe hinunter. »Zwei Geiseln! Theodoros hat zwei Geiseln freigelassen!«

Die Männer werden zu Marschall Napier geführt. Sie heißen Prideaux und Flad; Theodoros hat sie geschickt, um mit den Briten einen Friedensvertrag auszuhandeln.

»Frieden will der Mann?« Napier lächelt ein sehr britisches Lächeln. »Sagen Sie ihm, daß es in dieser Gegend schon bald sehr friedlich sein wird. Sehr, sehr friedlich.«

Da mischt Werner Munzinger sich ein. »Erlauben Sie, Marschall; ich bin der Ansicht, daß man dem Kaiser einen ehrenvollen Abzug gewähren sollte, wenn er alle Geiseln freiläßt.«

Davon will Napier nichts wissen. Zu den Unterhändlern sagt er: »Wenn Theodoros bedingungslos kapituliert, bürge ich für sein Leben – nur dafür. Sagen Sie ihm das!«

Darauf sagt Werner Munzinger nichts mehr; er wird überhaupt kein Wort mehr sprechen, bis er wieder zu Hause in Massaua ist. Er legt sich in seinem Zelt aufs Feldbett, während Prideaux und Flad zu Theodoros zurückkehren. Bald darauf hört er von ferne ein metallisches Klingen; das sind die Schmiede von Magdala, die den vierundsechzig Geiseln die Fußfesseln abschlagen. Wenig später werden die Freigelassenen unter lautem Hallo im Lager empfangen.

Auf Madgala stellt Theodoros seine verbliebenen Krieger vor die Wahl, zu kapitulieren oder mit ihm in den letzten Kampf zu gehen – worauf einige bei ihm bleiben, tausende aber in Einerkolonne den Berg hinuntersteigen und Napier die Waffen zu Füssen legen. Stunden später läßt Theodoros tausendfünfhundert Rinder von Magdala hinunter zu den Briten treiben – eine letzte, vergebliche Geste der Versöhnung. Dann legt die modernste Artillerie der Welt die mittelalterliche Festung Magdala in Schutt und Asche. Verzweifelt wehrt sich Theodoros mit den hundert Getreuen, die ihm geblieben sind. Aber unter der Kanonade stürzen die Festungsmauern ein, und die ersten von viertausend britischen Soldaten stürmen die rauchende Ruine. Kurz vor der Gefangennahme steckt sich Theodoros den Revolver in den Mund, den Queen Victoria ihm vor vier Jahren geschenkt hat.

Die zwanzigtausend Frauen und Kinder läßt Napier ziehen, einem ungewissen, schweren Schicksal entgegen. Dann gibt er Befehl zum Rückzug.

Ende Juni 1868 geht in der Zula-Bucht der letzte britische Soldat an Bord, und die Invasionsarmee fährt zurück nach Indien. Fürst Kassai von Tigre hat für die Gewährung des Durchmarschs zwölf Kanonen, 725 Musketen und reichlich Munition als Geschenk erhalten; damit erobert er den verwaisten Kaiserthron und nennt sich fortan Johannes IV.

Werner ist zurück in Massaua. Von seinem Lohn als Expeditionsführer begleicht er Schulden; was übrigbleibt, reicht nicht für eine Weiterreise nach Europa.

30

Bern, 20. März 1870

Lieber Werner!

Ich möchte Dir manches sagen, aber dann habe ich doch nur eines zu sagen: Meine geliebte, meine teure Marie ist tot. Hättest Du sie gekannt wie ich, so würdest Du verstehen, daß ich jetzt nicht besser bin als ein elender vom Blitz getroffener Baumstrunk, an dem kein Blättchen und kein Zweig mehr grünen will. Es ist ödes, düsteres Nachtdunkel um mich her, und wenn man auch eine Kerze anzündet, so weicht doch das Dunkel ringsum nicht.

Heute sind mir den ganzen Tag Blumen und Kränze zugekommen von allen, die Marie liebhatten; morgen werden sie, weiß auf weiß, ihr schneebedecktes Grab schmücken. Ich wünsche mir, daß morgen die Sonne recht hell scheinen möge.

Es war stets selig leuchtender Tag für mich, und mir war immer so sicher zumute, als wenn an meinem Lebenshimmel ewig die Sonne glänzen müßte. Und jetzt ist es so schwarze Nacht. Doch trotz des Verlusts danke ich dem Himmel, daß er mir Marie gegeben hat; tausendmal lieber will ich sie verloren als gar nicht besessen haben.

Nun sagen mir die Freunde, die heilende Zeit

werde auch bei mir ihr Wunder wirken – aber gerade dieser Gedanke ist mir der traurigste. Denn er sagt mir, daß das geliebte Wesen immer ferner und ferner in die Vergangenheit zurücktreten wird. Während ich es jetzt noch in die Arme schließen kann, wird es einst nur noch ein Luftgebilde sein. Ich liebe meinen Schmerz, und wenn ich ihn einmal entbehren muß, so weiß ich, daß es nichts mehr mit mir ist.

Dein Bruder
Walther Munzinger

31

Oktober 1871. Werner Munzinger ist verschwunden. In Massaua ist er nicht, in Keren auch nicht, und in Kassala finden wir ihn ebensowenig. Noch weiter westlich aber, in Khartum, sehen wir einen jungen Europäer, der im Schatten eines Feigenbaumes ein kleines Grab im staubigen Erdboden aushebt. Es ist Adolf Haggenmacher aus Brugg im schweizerischen Aargau, sechsundzwanzigjährig, der seit fünf Jahren sein Glück als Handelsmann in Ostafrika sucht, und zwar vergeblich. In Khartum ist er hängengeblieben, weil er in Liebe entbrannt war zu einem Mädchen, das ein venezianischer Kapitän auf Expeditionsreise mit einer Sudanesin gezeugt hatte.

Haggenmacher geht ins Haus und holt Fritz, seinen erstgeborenen Sohn, der gestern kurz nach dem dritten Geburtstag am Fieber gestorben ist. Die Mutter will nichts wissen von der Beerdigung; sie hat sich mit dem kleinen Eduard zum Mittagsschlaf hingelegt. Nun, da der Ältere tot in den Armen Haggenmachers liegt, ist er fast so bleich wie sein Vater. Aber das Kraushaar ist ganz das der Mutter, und die lieben Gesichtszüge sind auch nach ihr geraten. Haggenmacher legt Fritz ins Grab. Mit bloßen Händen greift er in den Erdhaufen, sachte deckt er den kleinen Körper zu, als hätte er Angst, ihn aufzuwecken. Als die Grube voll ist, bedeckt er das Grab zum Schutz gegen die Hyänen mit schweren Steinen. Dann pflanzt er ein selbstgezimmertes Holzkreuz ans Kopfende, bekreuzigt sich und geht schnell weg. Haggenmacher läuft zum Viehmarkt von Khartum und kauft drei Kamele. Zu Hause angekommen, weckt er sein Weib.

»Pack all unsere Sachen zusammen. Verkauf, was du kannst, und schenk den Rest den Nachbarn. Wir ziehen fort.«

»Wohin?«

»In die Schweiz. Dort werden die Kinder hundert Jahre alt.«

Adolf Haggenmacher wählt nicht den direkten Heimweg auf dem Nil hinunter nach Kairo und Alexandria. Er will über Kassala und Keren ans Rote Meer, um unterwegs mit Handelsgeschäften die Reisekasse aufzubessern. Aber er hat Pech. In jenem Jahr suchen Trockenheit, Viehseuchen, Hungersnöte und Teuerung den Sudan und Abessinien heim. Mit Müh und Not erreicht die Familie Massaua, und nach dem Verkauf der abgemagerten Kamele bleibt gerade genug Geld für die Schiffahrt nach Suez.

Völlig mittellos stehen Haggenmachers eine Woche später am Hafen von Suez. Irgendwie müssen sie nach Kairo gelangen; dort hat Haggenmacher Bekannte, die ihm bestimmt weiterhelfen werden. Plötzlich ist da Hufgetrappel und das Gestampfe von Marschstiefeln. Haggenmacher bringt Frau und Kind vor den Soldaten in Sicherheit. Jemand brüllt einen Befehl, das Getrappel und Gestampfe erstirbt. Aus der Mitte der Soldaten reitet ein Mann auf die Haggenmachers zu. Der Kleidung nach ist es ein Würdenträger des Osmanischen Reiches; der Rock sitzt straff, auf dem Kopf trägt er einen roten Fez und auf der Brust eine Menge bunter Orden. Aber er hat blaue Augen. Es ist Werner Munzinger, der neu den militärischen Titel eines Bey trägt und schon bald den Ehrentitel eines Paschas erhalten wird; er ist auf dem Rückweg von Kairo, wo ihn der Khedive Ismail, der Vizekönig, zum Gouverneur von Massaua und den Provinzen am Roten Meer ernannt hat. Werner Munzinger steigt vom Pferd und stellt sich vor, wie das im Orient üblich ist unter Europäern. Er lädt die Familie ins nächste Kaffeehaus ein, die Soldaten müssen draußen warten. Nach dem zweiten Kaffee sagt Werner: »Was wollen Sie in dem alten Europa! Kommen Sie mit mir, ich habe Arbeit für Sie!«

Haggenmacher sagt sofort zu.

Werner Munzinger besitzt jetzt ein eigenes Schiff, die ›Tûr‹, einen kleinen Dampfer von 358 Tonnen und 450 Pferdestärken mit zwei Heizkesseln, zwei Schrauben, drei Segelmasten und einem Kamin. Abends um sechs Uhr werden die Leinen losgemacht. Mit dem neuen Gouverneur, dessen Soldaten und der Familie Haggenmacher an Bord nimmt das Schiff Kurs auf Massaua.

Nach fünf Tagen kommen die drei Inseln von Massaua in Sicht. Der Kapitän läßt die Flagge hissen, und von den Inseln her wird Werner Munzinger mit Salutschüssen begrüßt. Die ›Tûr‹ legt an, Werner geht mit seinem Gefolge von Bord. In den Gassen stehen die Menschen Spalier, sie rufen und jubeln, und Werner salutiert nach allen Seiten. Er zieht in den Gouverneurspalast ein, wo ihn Oulette-Mariam erwartet; der Palast ist schlicht gehalten, aber immerhin das einzige dreistöckige Gebäude in Massaua und geräumig genug, um auch Haggenmachers Familie Obdach zu bieten. Haggenmacher kann sein Glück nicht fassen.

Für Werner Munzinger aber hat der Arbeitstag erst begonnen. Seine Diener nötigen ihn, Platz zu nehmen auf jenen großen, bunten Kissen, die einem orientalischen Herrscher zustehen. Oulette-Mariam setzt sich neben ihn, und dann beginnt das endlose Defilee der Gratulanten und Bittsteller, der Heuchler und Kriecher, die sich in zeremoniellen Begrüßungen, Vorstellungen und Ergebenheitserklärungen ergehen. Beduinenhäuptlinge werden abgelöst von schwedischen Missionaren, ägyptische Offiziere von abessinischen Handelsleuten, der französische Konsul von einem britischen Kapitän, und alle werden sie mit Kaffee und Tabak bewirtet, und alle wollen sie etwas von Werner Munzinger.

Oulette-Mariam hat's gut, von ihr will keiner etwas. Mit halbgeschlossenen Augen und kerzengeradem Rücken sitzt sie still da und lächelt in ihre Kaffeetasse hinein. Von Zeit zu Zeit sieht sie ihren Ehemann an, und dann zeigt sie ihre weißen Zähne.

»Ich wünschte, du würdest mich nicht auslachen!« zischt Werner in einem unbeobachteten Moment.

»Du würdest auch lachen, wenn du an meiner Stelle wärst.«

»*Du* hast gewollt, daß ich das Amt übernehme. Wäre es nach mir gegangen, wir wären hübsch und still in unserem gemütlichen Steinhaus geblieben.«

»Nicht ich habe es gewollt, der Khedive hat nach Deinen Diensten verlangt, weil du den Engländern nützlich warst. Das konntest du ihm nicht abschlagen, das wäre dein Todesurteil gewesen. Das weißt du doch.«

Als der Besucherstrom endlich versiegt, besucht Munzinger in Begleitung von Haggenmacher die Regierungs- und Verwaltungsgebäude, die an den Gouverneurspalast angebaut sind: das Steuerbüro, die Polizeistation, das Gefängnis. Im Kerker schmachtet seit vier Jahren ein junger Mann in Ketten, der ein Kamel gestohlen haben soll, die Tat aber nie gestanden hat. Werner betrachtet den Gefangenen, der regungslos im eigenen Kot liegt – und bei diesem Anblick wird ihm so recht bewußt, daß er als Gouverneur jetzt die oberste politische, militärische und juristische Instanz ist und daß alle Einwohner des Landes seinem Befehl zu gehorchen haben.

»Wärter! Schließen Sie sofort diese Zelle auf! Entlassen Sie diesen Mann in die Freiheit!«

Tatsächlich zückt der Wärter den Schlüsselbund und schließt auf. Der Gefangene tritt blinzelnd heraus, fällt auf die Knie und will seinem Retter die Füße küssen. Werner aber stellt ihn auf die Beine, gibt ihm Geld und scheucht ihn ins Licht der Freiheit.

»Wärter! Jetzt holen Sie einen Eimer Wasser und putzen diese Zelle! Aber gründlich!«

Ohne mit der Wimper zu zucken, geht der Wärter ab und holt einen Eimer Wasser. Werner entfährt ein erstauntes kleines Lachen. Dann zieht er den verwirrten Haggenmacher am Ärmel ins Freie. »Kommen Sie, mein Lieber. Kommen Sie! Eine Menge Arbeit wartet auf uns! Als erstes verbinden wir Massaua über einen Damm mit dem Festland. Das Wasser ist höchstens zwei Meter tief, die Distanz beträgt etwa einen Kilometer – das sollte eigentlich leicht zu schaffen sein, was meinen Sie? Dann legen wir eine Wasserleitung von den Bergen über den Damm bis in die Stadt. Massaua braucht unbedingt frisches Wasser. Und wenn der Handel hier wirklich gedeihen soll, brauchen wir einen Telegraphendraht, vielleicht von hier über Keren nach Kassala. Dann könnten wir über Khartum eine Verbindung mit Kairo herstellen. Und der Küste entlang müßte eine Eisenbahn ...«

32

Massaua, 1. Februar 1872

Exzellenz!
Ich habe die Ehre, Ihnen die Steuerstatistik der vergangenen fünf Jahre für die Provinz Massaua vorzulegen. Sie haben mir befohlen, jährlich 1000 Taler Steuern einzutreiben. Nun sehen Sie aber, daß alle meine Vorgänger nicht mehr als 400 Taler einnahmen.

Auf den ersten Blick möchte man meinen, daß der Gouverneur von Massaua reich ist, da er doch nur all die ausstehenden Steuern der letzten Jahre einzutreiben bräuchte. Der Verdacht liegt aber nahe, daß dieses Geld in der Bevölkerung einfach nicht vorhanden ist und also auch nicht eingetrieben werden kann.

Die Gründe für diesen Mißstand kenne ich noch nicht; aber es ist mir ein Anliegen, daß sich Ihre Exzellenz über die tatsächlichen finanziellen Verhältnisse der Provinz keine falsche Vorstellung macht. Selbstverständlich habe ich alle Maßnahmen eingeleitet, um die 1000 Taler Steuern für das laufende Jahr vollumfänglich einzutreiben. Ich hoffe, daß es gelingt, ohne daß die Eingeborenen zu sehr leiden.

Zum Schluß möchte ich Ihre Exzellenz davon in Kenntnis setzen, daß mich gestern eine Delegation der vornehmsten Bogos besucht hat. Sie haben den Wunsch, sich meinem Schutz zu unterstellen und künftig ihren Tribut in Massaua zu entrichten. Die Bogos gehören seit je zu Abessinien und zahlen auch Tribut an Kaiser Johannes. Nun sind sie aber unzufrieden, da der Kaiser die Ränder seines Reiches kaum gegen die ständig umherziehenden Räuberbanden schützt. Selbstverständlich habe ich keinerlei Zusagen gemacht, ohne vorher entsprechende Befehle Ihrer Exzellenz erhalten zu haben.

Bitte genehmigen Sie, Exzellenz, die Versicherungen der tiefsten Ehrerbietung Ihres demütigsten und folgsamsten Dieners

Werner Munzinger

Kairo, 21. Mai 1872

Mein lieber Munzinger Bey!
Ich bin einverstanden mit Ihrem Vorschlag, für den Bau einer Wasserleitung nach Massaua einen Schweizer Ingenieur zu engagieren. Ich gestatte Ihnen hiermit auch, die dafür notwendigen Wasserröhren aus gebranntem Ton in London zu bestellen. Und da Sie noch nicht lange auf Ihrem Posten sind, werden wir die Rechnung von Kairo aus begleichen.

Hingegen bedaure ich Ihre Mitteilungen über die Steuersituation im Governorat Massaua. Ich bin aber überzeugt, daß Ihr wacher Geist und Ihre tatkräftige Hand die Verluste bald ausgleichen werden, so daß Ihr Regierungsbezirk künftig auf eigenen Beinen zu stehen vermag und ohne Hilfe aus Kairo auskommt.

Mit Interesse habe ich von Ihren Kontakten zu den Bogos Kenntnis genommen. Sollten sich auch die Belen und Mareas Ihrem Schutz unterstellen wollen, so wäre mir dies willkommen. Ich schicke Ihnen mit diesem Brief ein Bataillon von achthundert Mann, vier Mitrailleusen und vier Gebirgskanonen.

Ich grüße Sie
Ismail

Vertraulich
An Bord der ›Tûr‹ bei Suakin,
31. Oktober 1872

Exzellenz!
Ich habe die Ehre, Sie über die weiteren Entwicklungen im Norden Abessiniens zu informieren. Ihrem Wunsch gemäß haben sich nach den Bogos auch die Belen und Mareas unter den Schutz Ägyptens begeben.

Im weiteren haben wir einen großen Teil der Danakil verpflichtet, künftig ihren Tribut in Massaua abzuliefern. Damit erstreckt sich das Hoheitsgebiet Ihrer Exzellenz ohne Unterbruch entlang der Küste des Roten Meeres bis fast hinunter zum Golf von Aden. Aber das so glücklich begonnene Unternehmen darf nicht stehenbleiben. Wir müssen auch Beylul und Raheita unter Kontrolle bringen; dann können wir darangehen, die Provinz Aussa und die große Salzebene zu annektieren.

Zweifellos werden uns diese Schritte von großem Nutzen sein. Denn Aussa ist ein fruchtbares und reichbevölkertes Land, das erst noch an einer der großen abessinischen Handelsstraßen liegt. Es wird uns also ein leichtes sein, einen Großteil der Karawanen aus Schoa und Galla an unsere Häfen zu ziehen.

Wenn uns Kaiser Johannes diesen Winter in Frieden läßt, möchte ich dafür das in Massaua stationierte ägyptische Bataillon verwenden. Diplomatische Konflikte sind keine zu befürchten, da keine europäische Macht in jenen Gebieten Ansprüche geltend macht. Einzig in Aseb, das zwischen Beylul und Raheita liegt, scheinen sich die Italiener festsetzen zu wollen. Wir müssen das Gebiet deshalb in aller Eile und unter höchster Geheimhaltung besetzen, bevor es zu spät ist.

Im Hinblick auf die bevorstehenden Unternehmungen bitte ich Sie, die ›Tûr‹ ersetzen zu dürfen, die zur Reparatur nach Suez muß. Ich denke an ein Schiff wie die ›Sahka‹, deren ausgezeichneter Capitain mir eine große Hilfe wäre.

Bitte genehmigen Sie, Exzellenz, die Versicherungen der tiefsten Ehrerbietung Ihres demütigsten und folgsamsten Dieners

Werner Munzinger

Massaua, 26. November 1872

Lieber Walther!

Beliebst Du zu scherzen, wenn Du mich einen »großen Eroberer« nennst? Meine Expedition nach Bogos hat, wie ich sehe, in den europäischen Zeitungen schrecklichen Lärm gemacht. Und doch war schon geographisch nichts notwendiger, ohne vom Grenzkrieg zu reden, der lange Zeit das

Land entvölkerte und dem jetzt ein Ende gemacht ist, wenn nicht europäische Philanthropie dazwischenkommt. Mit der Besetzung von Bogos habe ich im übrigen auch den ewigen Stammeskriegen ein Ende bereitet, bei denen die Leute einander die Kinder stahlen, um sie zu verkaufen. Vorbei ist es nun ebenso mit der abscheulichen Angewohnheit, die eigenen Kinder zu verkaufen, um Rinder kaufen zu können.

In Massaua bin ich sehr mit meiner Wasserleitung beschäftigt, die jetzt bis zum Meer fertig ist. Die beiden Dämme vom Ufer zu den Massaua-Inseln (1000 und 450 Meter lang) sind auch der Vollendung nahe.

Für die Wissenschaft, insbesondere für die Geographie, habe ich die ganze Zeit nichts tun können. Aber ich hoffe, bald an die Danakil-Küste zu gehen, und bringe vielleicht von dort etwas Neues mit.

Verzeih, wenn ich Dich nicht nach Deinem Befinden frage; ich habe schon von verschiedener Seite erfahren, daß Du des Lebens nicht mehr froh wirst, seit Deine Marie von uns gegangen ist. Ich verstehe Dich wohl; auch mir ist manchmal so schwer zumute, daß ich nur noch schlafen wollte. Aber wir sind doch noch jung, wir beide; und haben wir wirklich schon alles erreicht, was wir uns vorgenommen hatten als Zwanzigjährige, vor zwanzig Jahren? Weißt Du noch?

Dein Bruder
Werner Munzinger

Massaua, 10. Februar 1873

Exzellenz!

Ich habe die Ehre, Ihre Majestät dahingehend zu informieren, daß ich in keiner Art und Weise in den Sklavenhandel verwickelt bin. Es ist auch eine Unterstellung zu behaupten, daß meine Bediensteten etwas damit zu tun hätten. Würde sich auch nur einer von ihnen am Sklavenhandel bereichern, so würde ich ihn streng bestrafen, ganz nach den Befehlen, die mir Ihre Majestät gegeben haben.

Es entspricht auch nicht den Tatsachen, daß in Massaua öffentliche Sklavenmärkte abgehalten werden. Ich selbst befreie persönlich jeden Sklaven, der bei mir vorspricht. So habe ich in ganz Massaua und den umliegenden Dörfern sämtliche Sklaven (an die 4000 Personen) befreit, und das ohne einen Aufstand und ohne alles Aufsehen. Dasselbe werde ich auch im Land der Bogos tun.

Andrerseits will ich nicht bestreiten, daß jedes Jahr an die tausend Sklaven aus dem Landesinnern ans Rote Meer geschleppt werden, wo sie dann in der Nähe von Massaua auf Schiffe verladen und nach Arabien gebracht werden. Aber es sind gewiß nicht meine Leute, die diesen Handel treiben, sondern die des Kaisers Johannes, von dessen Onkel ich im übrigen schon Drohbriefe erhalten habe, weil ich einen seiner Sklaventransporte abfing und die Unglücklichen befreite.

Im übrigen ist es kein leichtes, mit meinen bescheidenen Kräften eine Grenze von dreihundert Meilen zu kontrollieren. Und wenn ich nur hin und wieder eine Sklavenkarawane aufhalte, so schade ich damit am allermeisten den Sklaven selbst; denn dann werden die Treiber sie auf weiten Umwegen um Massaua herum durch die Wüste ans Rote Meer hetzen.

Um den Sklavenhandel wirksam zu unterbinden, müßte man das Übel an der Wurzel packen, und selbiges heißt Johannes. Aber das würde eine gewissenhafte Vorbereitung und beträchtliche Ausgaben bedingen. Des weiteren genügt es auch nicht, die Sklaven einzig freizulassen; sie müssen ernährt, bekleidet und unterrichtet werden, damit die Befreiung eine echte Wohltat werde. Bisher vermochten wir aus Geldmangel nichts anderes zu tun, als die befreiten Sklaven als Hausdiener bei Eingeborenen unterzubringen. Dort sind sie jedoch schlechter gestellt als die Sklaven. Denn ein Sklave lebt immerhin unter dem Dach und dem Schutz seines Herrn; der freie Hausdiener aber, der ja sein eigener Herr und Meister ist, muß selber schauen, wie er zurechtkommt.

Es reicht deshalb nicht aus, von Menschlichkeit zu predigen, man muß dafür auch gewisse Opfer bringen. Ich wäre glücklich, mich bei meinem nächsten Besuch in Kairo mit Ihrer Exzellenz über diese Dinge beraten zu können.

Bitte genehmigen Sie, Exzellenz, die Versicherungen der tiefsten Ehrerbietung Ihres demütigsten und folgsamsten Dieners

Werner Munzinger

Kairo, 12. März 1873

Mein lieber Munzinger Pascha!
Mit Bedauern habe ich Ihrem Brief entnommen, daß Ihr Territorium so weitläufige Grenzen hat, daß Sie sie nicht zu kontrollieren vermögen. Wenn diese Aufgabe Ihre Kräfte übersteigt, so lassen Sie es mich wissen; es wäre mir eine Freude, einem verdienten Manne wie Ihnen eine ehrenvolle Position am Hof zu verschaffen.

Was aber Ihre neuen Kreditbegehren für Schulen und Spitäler betrifft, kann ich mich nicht genug wundern. Denn ich muß Ihnen sagen, daß die Gouverneure anderer Territorien schon seit langem kein Geld mehr von Kairo verlangen, sondern im Gegenteil Gold, Elfenbein und Negersoldaten in großen Mengen an unseren Hof schicken. Ich bin überzeugt, daß Sie dank Ihrer Fähigkeiten in Bälde zu einem zumindest ausgeglichenen Budget finden werden. Sollte Ihnen das Amt aber zu schwer werden, so zögern Sie nicht, um Ihre Versetzung nach Kairo nachzusuchen.

Ich grüße Sie
Ismail

33

Nach der Sperrstunde lief ich den Uferweg entlang zur alten Brücke. Mein Heimweg führte über diese Brücke, da half alles nichts. Mißtrauisch sah ich zu den tausend Tauben hoch, die wie kleine Geier im Gebälk saßen und schliefen. Um sie nicht zu wecken, setzte ich die Absätze meiner Schuhe so sanft wie möglich auf die Holzbohlen, elfengleich glitt ich dahin, ich schwebte – doch da schlug eine Taube ihr rot entzündetes Auge auf und breitete ihre Flügel aus, und im nächsten Moment flatterten tausend Tauben auf, segelten herunter von ihren Schlafbalken, hielten in wildem Durcheinander auf mein Gesicht zu, drehten im letzten Moment ab und stachen steil nach oben, nur um gleich wieder in chaotischer Staffel auf mich niederzustürzen. Ich hielt mir den Stapel Munzinger-Briefe schützend vors Gesicht und schrie wie am Spieß.

Der Spuk endete, wie er begonnen hatte. Wie auf Kommando segelten die Tauben zurück ins Gebälk, setzten sich hin, zogen die Flügel ein, klappten ihre blauen Lider über die Pupillen und schliefen weiter.

Ich rappelte mich auf und pflückte Taubenfedern und Exkremente aus den Haaren und von meiner Lederjacke. Der Schaden hielt sich in Grenzen. Aber die Munzinger-Briefe! Verschliert und verkotet hingen sie an meiner Hand, der Kohlestaub der Fotokopien vermischte sich mit ammoniakscharfem Schleim und tropfte zu Boden. Seufzend warf ich das Bündel in die Aare. In der Strömung trieben die Blätter rasch auseinander. Sie leuchteten in der Nacht, bis sie im Dunkel hinter der Bahnhofsbrücke verschwanden.

34

Massaua, im Juli 1875. Werner Munzinger Pascha ist jetzt dreiundvierzig Jahre alt und auf dem Höhepunkt seiner Macht. Er regiert über zwei Millionen Menschen; sein Reich ist dreimal so groß wie die Schweiz und reicht vom Roten Meer bis in die Wüste des Sudans und südwärts hinauf ins abessinische Hochgebirge. Der Damm und die Wasserleitung nach Massaua sind vollendet, der Telegrafendraht nach Khartum ist längst gespannt. Jetzt vermessen Eisenbahningenieure das Land auf der Suche nach möglichen Linienführungen von Massaua gegen Westen und nach Norden, Geologen bohren im Steppensand nach Wasser, Straßenbauer bessern Wege aus und erstellen Brücken, Agronomen bauen in großen Versuchsbetrieben Baumwolle, Tabak und Indigo an.

Zu Hunderten stranden die europäischen Einwanderer in Munzingers Reich; landlose Bauern aus der Schweiz, verarmte Handwerker aus England, jugendliche Abenteurer aus Deutschland, Missionare aus Schweden, Frankreich und Italien. Jede Woche bringt das Postschiff dem Gouverneur Briefe von Menschen, die er nicht kennt. Er beantwortet sie längst nicht mehr alle; hin und wieder aber rührt ihm einer besonders ans Herz, wie etwa der Brief jenes Bauern aus Aarau, dessen Land bis nah an die Stadtgrenze von Olten reicht.

Massaua, 5. Juli 1875

Lieber Herr Huber!

In Antwort auf Ihren Brief habe ich Ihnen zu sagen:

- daß ich Ihnen wohl ein Stück Land abgeben kann, das Sie kultivieren können;
- daß Sie auf Ihre eigene Rechnung bis Massaua kommen müssen. Die Ausgaben von der Schweiz bis hierher belaufen sich auf etwa 100 Franken;
- daß Sie am besten im Herbst oder Winter kommen, da dann die Temperaturen für einen Neuankömmling am erträglichsten sind und die Regenzeit noch weit weg ist; Sie reisen wohlfeiler über Aden mit dem Rubbatino-Dampfer und von da per Barke nach Massaua;
- daß Sie keine Schießwaffen mitzubringen brauchen.

Ihr freimütiger Brief erlaubt es mir, meinerseits auch offen die Meinung zu sagen. Die Bücher, die Sie gelesen haben, reden schon die Wahrheit; aber Afrika erhält sein blendendes Colorit vor allem dadurch, daß wir der Zukunft und der Ferne zulächeln, dabei aber der Gegenwart und der Heimat keine Poesie abzugewinnen vermögen.

Ich rate Ihnen, zu Hause zu bleiben. Es ist viel schöner zu Hause als bei den Wilden und Halbwilden; es ist viel mehr wahre Poesie zu Hause als in ganz Afrika. Eine ärmliche Existenz in der Heimat ist mehr wert als tausend Abenteuer in der Ferne. Sie haben Mutter und Schwester: Haben Sie das Recht, sie zu verlassen, einfach aufs Geratewohl hin? Einigen ist es gelungen, ihr

Glück zu machen – die meisten aber sind gescheitert. Daß Sie hier zu Reichtum kommen und dann Ihre Nächsten aus dem Elend ziehen können, ist sehr ungewiß, und daß Sie überhaupt jemals die Heimat wiedersehen, ist auch nicht so sicher.

Fühlen wir nicht alle mit dem Älterwerden immer stärker, daß die Familienzugehörigkeit das einzige Band ist, das im Leben Wert hat? Bedenken Sie sich gründlich, bevor Sie dieses Band zerreißen.

Wenn Sie aber durchaus kommen wollen, so lassen Sie die Illusionen zu Hause; ich für meinen Teil werde das Möglichste tun, Ihnen den Anfang zu erleichtern. Aber besser und immer besser bleibt das alte und einfache Sprichwort: »Bleib im Land und nähr dich redlich!«

Ihr aufrichtiger
Werner Munzinger

In jenem Sommer 1875 hat der Generalgouverneur der ägyptischen Provinzen am Roten Meer und des östlichen Sudans erhebliche Sorgen. Kaiser Johannes hat seine sämtlichen Truppen im Norden zusammengezogen. Er will diesem Munzinger, der ihn damals zum Frieden mit den Engländern überredete, das Bogos-Land und die übrigen annektierten Gebiete wieder abnehmen. Ägypten seinerseits hat einen Freundschafts- und Handelsvertrag abgeschlossen mit Fürst Menelik von Schoa, dem großen Rivalen des Kaisers und ersten Anwärter auf dessen Nachfolge. Aber die Regenzeit hat schon begonnen; die Wege sind sumpfig, und ein sofortiger Krieg ist unwahrscheinlich.

Kairo, 31. Juli 1875

Mein lieber Munzinger Pascha!

Die europäischen Zeitungen behaupten seit neustem, wir hätten im Sinn, ganz Abessinien zu erobern. Ich rate Ihnen deshalb zu größter Vorsicht bei der Mission, mit der ich Sie betraut habe. Insbesondere dürfen Sie nichts unternehmen, was dem Verdacht der Europäer Nahrung gibt. Denken Sie daran: Es geht für Sie lediglich darum, einen Handelsweg von Schoa nach dem Roten Meer zu eröffnen. Sie werden mit dem Expeditionscorps in der Tadjura-Bucht landen, dann westwärts Richtung Schoa ziehen, aber nicht weiter als bis Aussa vorstoßen. Dort werden Sie die Scheichs, die den Karawanenweg nach Schoa kontrollieren, zu Verhandlungen einladen.

Vor allem aber schicken Sie keine militärische Expedition ins Landesinnere. Das könnte als Angriff auf Abessinien aufgefaßt werden und uns größte Schwierigkeiten bereiten.

Ich grüße Sie

Ismail

Massaua, 1. Oktober 1875. Werner Munzinger Pascha sticht mit seinem neuen Dampfschiff, der ›Zagazig‹, in See. Mit an Bord sind Oulette-Mariam, Adolf Haggenmacher, fünfhundert ägyptische Soldaten und zwei Kanonen. Die Fahrt geht sechshundert Kilometer südostwärts entlang der Danakil-Küste, die Munzinger im Namen des Khediven erobert hat. Nach vier Tagen verläßt die ›Zagazig‹ durch die Meerenge von Aden das Rote Meer und legt am 5. Oktober in der

Tadjura-Bay an. Hier schreibt Werner drei Wochen später den letzten Brief seines Lebens. Empfänger ist der Schweizer Lehrer Eduard Dor aus Vevey, der im Auftrag des Khediven in ganz Ägypten öffentliche Schulen gründet.

»So sind wir endlich aus Tadjura abgefahren. Um den Leuten und Kamelen einen Marsch im Sand dem Meer entlang zu ersparen, dampfen wir noch 15 Meilen mit der ›Zagazig‹ der Küste entlang, bis zum Landungsplatz Gela Heffo. Abends beginnt dann die Landreise. Wir hatten einen ziemlich langen Aufenthalt in Tadjura, da wir nur schwer zu Kamelen kamen. Auch jetzt reisen wir nur mit dem Allernotwendigsten, Biscuits und Käse als Vorrat, die wir selber tragen; keine Zelte. Ich habe 350 Mann mit zwei Kanonen und zwei Mitrailleusen. Der Rest wartet in Tadjura. Von hier nach Aussa sind es etwa 36 Stunden, teilweise schlechtes Vulkangeröll. Unsere Aufgabe sieht je näher, je schwieriger aus, weil wir es mit einem ganz fremden, eigentümlichen Volke zu tun haben, dessen Vertrauen zu gewinnen wir noch nicht die rechten Wege kennen. Ehrlichkeit und Geduld werden uns hoffentlich aber auch hier die Herzen erobern, oder vielmehr die Köpfe. Wir sind alle wohlauf; meine Frau ist mit mir und wird mir in den Stunden der Verzagtheit eine rechte Stauffacherin sein. Aufmunterungen werde ich freilich brauchen. Der Zweck unserer Reise aber ist schön; Hinter-Abessinien bekommt Luft gegen das Meer hin und wird sicher aufblühen.«

35

Pünktlich um 17.48 Uhr stand ich in der großen Halle von Terminal B und hatte einen Strauß von neun roten Baccara-Rosen in der Hand. Die Anzeigetafel gab ratternd bekannt, daß Flight Number 652 von Kairo soeben gelandet sei. Vor meinem geistigen Auge sah ich den Silbervogel im Schnee stehen; ich sah, wie der eckige Schlauch des Fingerdocks heranfuhr und zwei ewig lächelnde Stewardessen die Tür hinter dem Cockpit öffneten; ich sah die zweihundert Passagiere, die eilig ihre Mäntel und Handtaschen aus der Gepäckablage rissen und einander um die Ohren schlugen. Und ich sah Polja, die inmitten dieses Getümmels königliche Gelassenheit bewahrte.

Plötzlich brach hinter mir in der großen Halle ein Tumult aus. Auf der Rolltreppe näherte sich eine Gruppe grinsender Menschen, die riesige Kuhglocken schwenkten und Transparente aus Stoff und Karton in die Höhe hielten. ›Hintergüpf-Oberstüßlingen gratuliert seinem Weltmeister!‹ stand da, und ›Bravo Hansi!‹ oder einfach ›Oleee, ole, ole, oleeee!‹. Die Leute zogen an mir vorbei. Ich folgte ihnen zur gläsernen Wand, hinter der die Ankommenden auftauchen mußten.

»Sind Sie auch aus Hintergüpf-Oberstüßlingen?« Ein kleiner Mann mit einer gefütterten Sportjacke brachte seine Kuhglocke zum Schweigen und sah mißtrauisch zu mir hoch. Er rümpfte die Nase, zog die Oberlippe hoch und ließ zwei beachtlich scharfe Schneidezähne sehen. »Sie sind nicht aus Hintergüpf-Oberstüßlingen, oder?«

»Nein, Sie?«

»Sicher schon! Wir holen unseren Huber Hansi ab. Den Weltmeister. Das gibt ein Fest!« Der kleine Mann wandte sich von mir ab und schüttelte wieder die Kuhglocke. Ich hätte ihn gern gefragt, in welcher Disziplin Huber Hansi denn Weltmeister geworden war.

Hinter der Glasscheibe spuckte eine Luke Koffer aufs Förderband. Schon kamen die ersten Fluggäste: eilige Geschäftsleute in gutsitzenden Wintermänteln und mit braven Aktenköfferchen, die immer schön bei Fuß blieben; braungebrannte Touristen in zu bunter und zu leichter Kleidung; ein alter Araber, der wohl im Land der Ungläubigen seinen verlorenen Sohn suchte – und dann kam der Weltmeister. Das Gedröhn der Kuhglocken steigerte sich ins Unerträgliche. Huber Hansi war ein linkisches Bürschchen um die Zwanzig, vom Sponsor sportlich-elegant eingekleidet und von zwei Stewardessen vorteilhaft umrahmt. Er winkte verlegen und stieg über eine Treppe hinunter zur Gepäckausgabe, wo sich jemand seiner Koffer und mutmaßlichen Sportgeräte annehmen würde. Er passierte ohne weitere Formalitäten die Zollkontrolle und wurde diesseits der Glasscheibe von der Menge verschluckt. Das Gedröhn der Kuhglocken wurde leiser und verstummte, während ich zum Laufsteg hochsah, auf dem Polja gleich auftauchen mußte. Und dann kam sie, Polja, o Polja, die königlich Aufrechte, den Abglanz afrikanischer Sonne im Gesicht und einen feinen Hauch Wüstenstaub auf den Fallschirmspringerstiefeln.

Polja und ich gingen zum Ausgang, der auf die nachtschwarze Straße führte. Da rief sie: »Das ist ja … ist das meine Maschine?« Tatsächlich blinkte durchs gläserne Portal eine blitzblanke, feuerwehrrote Harley-Sportster. »Das darf doch nicht wahr sein!«

»Ich habe mir gedacht, wir sollten mal zusammen ausfahren.«

»Und da klaust du meine Maschine?«

»Werni hat mir den Schlüssel gegeben.«

»Der hat den rausgerückt? Ich schlag euch tot, alle beide!«

»Wir haben gedacht, du freust dich.«

»Hast du Ölstand und Reifendruck kontrolliert?«

»Klar.«

»Beim Schalten die Kupplung ganz durchgezogen?«

»Sicher.«

»Den Motor hochgejagt?«

»Nicht über viertausend Touren.«

»Auf die Schnauze gefallen?«

»Nie.«

Mißtrauisch umkreiste Polja die Harley. Sie fühlte an beiden Zylindern die Temperatur, prüfte die Kabelzüge von Bremse und Kupplung, tippte mit dem Stiefel den Kettenspanner an, suchte auf Tank und Schutzblechen nach Kratzern im Lack und sagte schließlich: »Schlüssel.« Ich reichte ihn ihr. Mit einem beiläufigen Stiefeltritt warf sie die Maschine an und horchte auf das Wummern der Zylinder. Der Motor lief wunderbar ruhig, nur die Ventile klingelten ein wenig.

»Für die Ventile kann ich nichts« sagte ich.
»Die klingeln immer. Das muß so sein.«

Wir zogen Regenoveralls, Helme und Handschuhe an. Dann stieg Polja auf, ich nahm auf dem Rücksitz Platz, und wir fuhren los. Es schneite wie im Märchen, die Fahrbahn war weiß und glatt wie ein unbeschriebenes Blatt Papier, und die Harley schrieb die ersten Zeilen eines langen Liebesgedichts darauf. Wir fuhren vorbei an Einkaufszentren und Kläranlagen und Zementfabriken und Atomkraftwerken, und dann erreichten wir die Stadtgrenze von Olten. Polja hielt an, und wir setzten die Helme ab. Es hatte aufgehört zu schneien, die Luft war eisig klar. Wir befanden uns im ehemaligen Industriequartier mit all seinen stillgelegten Lastwagen-, Seifen– und Kakaofabriken, den Ledergerbereien, Eisenbahnwerkstätten und Gießereien. Überall standen die Räder still, manche schon seit Jahrzehnten, andere erst seit wenigen Monaten. Junge Birken wuchsen aus geborstenem Asphalt und aus dem Schotter von Geleisen, auf denen nie wieder ein Güterzug rollen würde. Neben uns blinkte die Leuchtreklame eines Fitneßcenters, das seine Trainingsmaschinen in einer ehemaligen Werkhalle aufgestellt hatte. Hier gab es für uns nichts zu tun. Der Moment würde unweigerlich kommen, da wir weiterfahren mußten in die Stadtmitte, vielleicht auf ein Bier in den ›Ochsen‹, dann schlafen und morgen früh in die Redaktion, wo ich das Zingg-Portrait schreiben würde, abends vielleicht ein Spaziergang hinunter an die Aare und so weiter, und so weiter. Wie auf einem Stadtplan eingezeichnet sah ich meine Wege vor mir, auf ewig festgelegt mit rotem, wasserfestem Filzstift – da faßte mich Polja am Arm. »Heute abend gehen wir ausnahmsweise mal nicht in den ›Ochsen‹. Einverstanden?«

»Okay.«

Polja fuhr an, und wir rollten ins Städtchen. Alles war still; Polja fuhr die Harley so tieftourig wie möglich, um die schlafenden Bürger nicht zu wecken. Links und rechts zogen die Kneipen und die Wohnungen und die Büros vorbei, in denen ich die Hälfte meines Lebens zugebracht hatte. Polja hielt nirgends an. Wir bogen in die Kantonsstraße ein, die südwärts aus dem Städtchen hinausführte. Schon bald brachen die Häuserzeilen ab und gaben den Blick frei auf die Wiesen und Wälder, die wir gemeinsam durchqueren würden.

36

Kairo, 24. November 1875

Mein lieber Werner Munzinger Pascha!
Ich hoffe, daß dieser Brief Sie in Aussa erreicht. Es hat sich ein unglücklicher Zwischenfall ereignet, welcher die Völker Abessiniens feindlich gegen Sie stimmen könnte. Ich bitte Sie dringend, sich mit Ihren Soldaten an einem Ort festzusetzen, der leicht zu verteidigen ist.

Gemäß meinen Anordnungen haben Sie vor Ihrer Abreise aus Massaua das militärische Kommando über die zurückbleibenden Truppen Ihrem Stellvertreter Arakel Bey übergeben.

Statt aber nur die Grenze zu sichern, hat sich dieser mit einem viel zu kleinen Trupp von tausend Mann ins Innere Abessiniens vorgewagt und ist bei Ghundet am Fluß Mareb auf die Armee des Kaisers Johannes gestoßen. In einer elfstündigen Schlacht wurden unsere zehn Compagnien vollständig aufgerieben. Arakel Bey selbst und die meisten Offiziere sind gefallen, nur einige wenige Soldaten schafften den Rückzug nach Massaua.

Seien Sie versichert, daß es zu einer Revanche kommen wird. Aber bis das Ansehen der ägyptischen Armee wiederhergestellt ist, müssen Sie sehr vorsichtig sein.

Ich verbleibe mit den besten Wünschen für Sie, mein lieber Pascha.

Ismail

PS: Ich denke, daß der Moment ungünstig wäre für Verhandlungen mit Fürst Menelik. Warten wir günstigere Zeiten ab – es sei denn, Menelik würde von sich aus auf uns zukommen.

Der Brief erreicht Werner Munzinger Pascha nicht mehr. Die Karawanenstraße führt über Vulkangeröll durch die entsetzlich heiße Adajalwüste. Munzinger merkt, daß er den ersten großen Fehler seines Lebens gemacht hat: Die Vorräte an Wasser, Käse und Biskuits sind für zehn Tage berechnet, und die Truppe ist schon zwölf Tage unterwegs. Am dreizehnten Tag werden drei Kamele geschlachtet, am vierzehnten Tag fünf, am fünfzehnten zehn, und erst am Abend des siebzehnten Tages erreicht die Karawane völlig entkräftet das waldige Ufer des Sees von Aussa. Und während Mensch und Tier ans Wasser stürzen und trinken bis zum Erbrechen, tritt ein vornehmer junger Mann aus dem Unterholz. Es ist der Sohn von Scheich Mohammed Lebeda, dem Häuptling von Aussa. Im Namen seines Vaters heißt er Werner Munzinger willkommen. Werner schenkt ihm einen Mantel, einen Säbel und einen Lederbeutel voller Maria-Theresien-Taler und bittet ihn, Lebensmittel herbeizuschaffen. Der Jüngling verschwindet wieder im Unterholz. Werner läßt das Lager herrichten und legt sich im Zelt an Oulette-Mariams Seite schlafen. Was in jener Nacht geschieht, berichtet drei Wochen später ein Diener Munzingers, dem die Flucht nach Kairo gelingt. Eduard Dor notiert:

Die Nacht verlief ruhig, bis der Mond untergegangen war; ein Posten wachte. Gegen zwei Uhr morgens kamen zwei Eingeborene mit einem Ochsen und einer Kuh und wollten ins Lager, angeblich, um das Vieh zu verkaufen. Die Wache hielt sie zurück und band sie am Fahrgestell einer Kanone fest. Die Eingeborenen schrien und riefen. Plötzlich stürzen von allen Seiten wie auf ein Signal Tausende von Callas herbei. Alarm wird geblasen. Der Angriff ist so schnell und massiv, daß die Soldaten fliehen müssen. Herr Munzinger Pascha steht an der Spitze der Compagnie mit den zwei Kanonen, von denen aber nur eine zum Schuß kommt, und auch die nur einmal. Die Linie ist durchbrochen. Munzinger Pascha, von seiner Leibwache bis auf drei Sudan-Soldaten entblößt, bleibt bei den Kanonen, er selbst feuert einen Gewehrschuß und drei Revolverschüsse ab. Die Eingeborenen, mit Lanzen und Säbeln bewaffnet, umringen ihn, die drei Sudan-Soldaten fallen und Munzinger Pascha wird tödlich verwundet. Ein Säbelhieb zerschmettert den linken Schulterknochen, ein zweiter die obere Hirnschale, ein Lanzenstich trifft ihn in die rechte Brustseite, ein anderer ins Genick. Im ganzen erhält er zehn Wunden.

Während das Gemetzel die ganze Nacht fortdauert, kann man den Verwundeten dem Gemenge entreißen und ihn so verbergen, daß er bis Sonnenaufgang unbemerkt bleibt. Oulette-Mariam wird im Zelt überfallen und erhält drei Lanzenstiche; sie wird im Verlauf der Nacht in das Versteck ihres Mannes gebracht.

Um acht Uhr früh versuchten die überlebenden Soldaten, die Verwundeten fortzuschaffen, doch waren die Verfolger so zahlreich, daß an ein Halten nicht zu denken war.

Herr Munzinger Pascha, trotz seiner schweren Wunden, blieb standhaft und sagte, da er doch verloren sei, solle man ihn hierlassen und jedermann sich durch Flucht retten. Seine Frau, ebenso gefaßt, schickte ihre Diener fort, die sie bisher getragen hatten. Herrn Munzinger Pascha hat man tausend Schritte vom Schlachtfeld weggetragen, seine Gattin vielleicht zweihundert Schritte weiter. Beide blieben, die anstürmenden Feinde hinter sich, hilflos dem traurigsten aller Schicksale überlassen.

37

Niemand hat die geschundenen Leichen von Werner Munzinger und Oulette-Mariam je gefunden. Adolf Haggenmacher gelang vorerst die Flucht. Vier Tage lang trank er seinen eigenen Urin und das Blut verstorbener Gefährten, bevor er an Entkräftung starb. Haggenmachers Frau, welche die Expedition glücklicherweise nicht mitgemacht hatte, lebte bis zu ihrem Tod in Kairo; ihren einzigen überlebenden Sohn holten die Großeltern nach Brugg im Kanton Aargau. Der siebenjährige Mohrenbub gewöhnte sich aber nie an das europäische Leben und wurde schwermütig. Nach elf qualvollen Jahren gaben die Großeltern endlich nach und ließen den Jüngling nach Afrika heimkehren.

Werners Bruder Walther wurde nach dem frühen Tod Maries nie mehr froh; er vergrub sich in sein Lebenswerk, vollendete das Schweizerische Obligationenrecht und starb drei Jahre nach Marie an einer ziemlich harmlosen Erkältung.

König Ismail verstrickte sich tief in Schulden. Seine europäischen Gläubiger zwangen ihn 1879, die Macht seinem Sohn Tawfiq Pascha zu überlassen. Ismail ging ins Exil nach Neapel und dann nach Istanbul, wo er vierundsechzigjährig starb. In Abessinien hielt sich Kaiser Johannes zehn Jahre länger, wurde aber 1889 durch Menelik II. vom Thron gestoßen.

Munzingers kleines Königreich übernahmen nach

einigen Querelen die Italiener, und die machten daraus ihre Kolonie Eritrea. Dem Ende der Kolonialzeit folgten dreißig Jahre Bürgerkrieg zwischen den politischen Nachfahren von Munzinger und Johannes. Seit 1991 herrscht ein zerbrechlicher Friede. Das Land ist übersät mit Ruinen, Tretminen und ausgebrannten Panzern; überall fahren weiße Männer in vierradgetriebenen Toyota Landcruisers umher und verteilen US-amerikanisches Weizenmehl. Aber Werner Munzingers Damm vom Festland nach Massaua steht noch, und das Trinkwasser auf der Insel ist ausgezeichnet.

Polja und ich? Wir sind bis zur Morgendämmerung durchgefahren in jener Nacht. In Montpellier stiegen wir ab, staksten mit steifgefrorenen Beinen in die ›Auberge du Midi‹ und hinauf ins Dachzimmer, wo wir zwei Tage und zwei Nächte blieben. Am Tag unserer Weiterfahrt hatten wir unseren ersten Streit – seither überläßt mir Polja hin und wieder den Lenker. Schnell hatten wir die Pyrenäen hinter uns. In Pamplona verschenkten wir unsere Regenkombis an zwei heimwärts fahrende Friesen. Und seit bald zwei Monaten sind wir in Santiago de Compostela, am westlichsten Zipfel Europas; lang wird es wohl nicht mehr dauern, bis man uns droben im kühlen Norden die Kreditkarten sperrt. Polja hat hier eine Gruppe anarchistischer Studenten kennengelernt und diskutiert mit ihnen ganze verregnete Nachmittage lang über Chancen und Gefahren der Europäischen Union. Dann sitze ich im Hotelzimmer an meinem Tischchen und schreibe an dieser Geschichte. An sonnigen Tagen aber fahren wir hinaus ans Meer und baden im eiskalten Atlantik, und abends gehen wir tanzen.

Nachwort

Mit der Niederschrift dieses Romans habe ich Ende Juni 1995 begonnen. Ich erinnere mich gut daran, weil ich am Morgen des ersten Arbeitstages ins Kaufhaus lief und mit einem Körbchen unreifer Kirschen sowie zwei leeren Bananenschachteln zurückkam. Die Kirschen waren ungenießbar, aber die Schachteln stellte ich links und rechts von meinem Schreibtisch auf. In die linke Schachtel legte ich alle Dokumente über das Leben Werner Munzingers, die ich in einjähriger Recherche gesammelt hatte. Die rechte Schachtel blieb vorläufig leer.

Dann schaltete ich meine Schreibmaschine ein und begann mit dem ersten Kapitel. Ich entnahm der linken Schachtel die Dokumente, die ich gerade benötigte, und errichtete auf dem Schreibtisch Papierstöße nach einem geheimen, nur mir allein begreiflichen System. Die verwerteten Blätter und Zettel wanderten in die rechte Schachtel. Als ich das erste Kapitel abgeschlossen hatte, war mein Schreibtisch wieder nahezu leer. Ich kramte in der linken Schachtel nach den Dokumenten, die ich für das zweite Kapitel brauchen würde.

So verging Monat um Monat. Kapitel reihte sich an Kapitel. Die linke Schachtel leerte sich zusehends, die rechte quoll schon fast über. Die verarbeiteten Dokumente ordnete ich bald nicht mehr sorgfältig ein, sondern ließ sie achtlos über die Schreibtischkante fallen. Unterdessen ist ein Jahr vergangen, das Kaufhaus bietet wiederum unreife Kirschen an, und ich habe meine Geschichte zu Ende erzählt. Werner Munzinger und all seine Getreuen sind tot, meine linke Schachtel ist leer. Eigentlich müßte ich glücklich sein.

Aber da ist noch etwas. Auf meinem Schreibtisch verstauben ein paar Blätter, einige seit vielen Monaten, andere erst wenige Wochen. Jedes einzelne Blatt habe ich irgendwann aus der linken Schachtel genommen, in der aufrichtigen Absicht, es in die Geschichte einzubauen und schließlich der rechten Schachtel zu übergeben. Aber die Gelegenheit dazu fand sich nie, und so blieb eins ums andere liegen. Was soll ich jetzt mit ihnen anstellen? In die linke Schachtel zurücklegen will ich sie nicht, denn leider bin ich ein Lehrerssohn und kann mit den Hausaufgaben erst aufhören, wenn alles erledigt ist. Über die rechte Tischkante wischen darf ich sie redlicherweise auch nicht, denn dieser Weg ist ausschließlich dem verarbeiteten Material vorbehalten.

Dabei sind es gute Dokumente: Fotokopien von Briefen, Tagebüchern, alten Zeitschriften und Büchern, Zeichnungen und Fotos. Alle sind mir ans Herz gewachsen, über jedes einzelne habe ich gelacht oder nachgedacht oder wenigstens die Stirn gerunzelt, und immer wieder habe ich sie in diesem oder jenem Kapitel unterzubringen versucht. Aber es ging nicht. Sie erwiesen sich als widerspenstig. Manche bezichtigten einander der Lüge, andere stellten nur Fragen und gaben keine Antworten, und wieder andere lagen so weit abseits des großen Erzählpfades, daß sie abzuholen meine Ausdauer überfordert hätte.

Nehmen wir den Stapel rechts zwischen Tischkante und Schreibmaschine. Da behauptet ein Zeitgenosse, Werner Munzinger sei ein skrupelloser Ehrgeizling gewesen, dessen einziges Ziel der abessinische Kaiserthron war. Ein anderer unterstellt, Werner habe selbst Sklaven gehalten und sich am Sklavenhandel bereichert. Und diese Quelle hier schwört, daß er unersättlich Grundbesitz und Vieh zusammengerafft habe.

Ich gestehe, daß mir diese Stimmen nicht in den Kram passen. Am liebsten hätte ich sie als Verleumdung taxiert und stillschweigend vom Tisch gewischt. Aber da ist die historisch verbürgte Tatsache, daß König Ismail nach Munzingers Tod eine Untersuchung über dessen Vermögensverhältnisse anordnete. War Werner ein Sklavenhändler, ein Blutsauger, ein skrupelloser Karrierist? Das kann und will ich nicht glauben, und zum Glück birgt dieser Stapel noch andere Zeugenaussagen. Da sind die Berichte von Afrikareisenden aus Deutschland, der Schweiz und Frankreich, die tief beeindruckt waren von Munzingers einfacher Lebensweise, seiner Klugheit und dem hohen Ansehen, das er bei den Abessiniern genoß. Da sind die Schriften Werner Munzingers selbst, in denen er immer mit Liebe und Respekt von den Menschen spricht. Und Gott sei Dank ist auch belegt, daß die königliche Untersuchung ergebnislos im Sande verlief.

Oder dieser Stapel hier, auf dem der Aschenbecher steht: Der betrifft das Attentat auf Werner Munzinger vom 28. September 1869, das in vorliegendem Roman mit keinem Wort erwähnt wird. An jenem Tag war er mit Oulette-Mariam und einer kleinen Eskorte von Keren nach Massaua unterwegs, als ihn aus dem Hinterhalt vier Schüsse in Schulter, Arm, Hüfte und Gesäß trafen. »Der Mörder entfloh wie ein zweiter Wilhelm Tell«, schreibt Werner zwei Wochen später an seinen Bruder, »zum Glück habe ich nicht einen zweiten Geßler abgegeben.«

Wer war der Täter? Ein eifersüchtiger Missionar namens Stella, wie manche behaupteten? Ein in seinem Nationalstolz verletzter Abessinier, der Munzinger die britische Expedition nach Magdala übelnahm? Werner glaubte ihn erkannt zu haben: »Es ist ein Mann, der keinen Grund hatte, mein Feind zu sein. Aber viele Leute glauben nun mal in ihrer Dummheit, daß ich ein Hindernis sei für ihre bösen Pläne ...«

Und dann ist da noch die zweifelhafte Geschichte von Werner Munzingers angeblichem Sohn, der im November 1875 einjährig gewesen sein soll und glücklicherweise seine Eltern nicht nach Aussa begleitet habe, sondern bei seinem Kindermädchen geblieben sei. Das wirft Fragen auf. Denn aktenkundig ist, daß Werners Ehe achtzehn Jahre lang kinderlos blieb, aus welchen Gründen auch immer – ist es da glaubhaft, daß im neunzehnten Jahr noch ein Baby zur Welt kam?

All das sind Fragen, die ich nicht zu beantworten vermag, und ich fürchte, daß niemand je dazu in der Lage sein wird. Ich für meinen Teil bin Werner Munzingers Lebensweg so gewissenhaft gefolgt, wie es einem liederlichen Menschen eben möglich ist: Wochenlang bin ich durch die Straßen Kairos und die Gänge der ägyptischen Bürokratie geirrt. Ich habe in Massaua geschwitzt und scheußlich heißes Bier getrunken.

In Keren habe ich ein Fahrrad gekauft und bin auf den Spuren von Marschall Napier südwärts ins abessinische Hochland geradelt. Und dann bin ich heimgekehrt und habe mich in die Archive vergraben: Stadtarchiv und Stadtbibliothek Olten, Zentralbibliothek Solothurn, Bundesarchiv und Landesbibliothek in Bern, Handschriftenarchiv der Universitätsbibliothek Basel sowie Stadtbibliothek und Stadtarchiv Winterthur. Überall waren hilfsbereite Menschen, und ihnen allen danke ich – besonders jenem namenlosen Archivar in Kairo, der mich sehr ernsthaft musterte und dann fragte, ob ich ein direkter Nachkomme Werner Munzingers sei. Leider mußte ich verneinen. Denn wäre ich tatsächlich ein leiblicher Ururenkel des Generalgouverneurs von Massaua, so würde mir der ägyptische Staat eine lebenslängliche Rente entrichten. Aber vielleicht laufe ich schnell hinüber zu meinem Freund Pit Munzinger, der am Munzingerplatz den schicksten Coiffeursalon von ganz Olten betreibt, und lade ihn auf eine Reise nach Ägypten ein. Pit gleicht nämlich aufs Haar dem Finanzminister Josef Munzinger. Und als Beweisstück sind da noch die zwei gekreuzten Säbel neben der Registrierkasse, die laut Munzingerscher Familienlegende dem alten Werner gehört haben sollen. Wer weiß …

Olten, Ende Mai 1996
Alex Capus

Rafik Schami im dtv

»Meine geheime Quelle ist die Zunge der anderen. Wer erzählen will, muß erst einmal lernen zuzuhören.«
Rafik Schami

Das letzte Wort der Wanderratte
Märchen, Fabeln und phantastische Geschichten
ISBN 978-3-423-10735-8

Die Sehnsucht fährt schwarz
Geschichten aus der Fremde
ISBN 978-3-423-10842-3

Der erste Ritt durchs Nadelöhr
Noch mehr Märchen, Fabeln & phantastische Geschichten
ISBN 978-3-423-10896-6

Das Schaf im Wolfspelz
Märchen & Fabeln
ISBN 978-3-423-11026-6

Der Fliegenmelker und andere Erzählungen
ISBN 978-3-423-11081-5

Märchen aus Malula
ISBN 978-3-423-11219-2

Erzähler der Nacht
ISBN 978-3-423-11915-3

Eine Hand voller Sterne
Roman
ISBN 978-3-423-11973-3

Der ehrliche Lügner
Roman
ISBN 978-3-423-12203-0

Vom Zauber der Zunge
Reden gegen das Verstummen
ISBN 978-3-423-12434-8

Reise zwischen Nacht und Morgen
Roman
ISBN 978-3-423-12635-9

Gesammelte Olivenkerne
aus dem Tagebuch der Fremde
ISBN 978-3-423-12771-4

Milad
Von einem, der auszog, um 21 Tage satt zu werden
ISBN 978-3-423-12849-0

Sieben Doppelgänger
ISBN 978-3-423-12936-7

Die Sehnsucht der Schwalbe
Roman
ISBN 978-3-423-12991-6 und
ISBN 978-3-423-21002-7

Mit fremden Augen
Tagebuch über den 11. September, den Palästinakonflikt und die arabische Welt
ISBN 978-3-423-13241-1

Die dunkle Seite der Liebe
Roman
ISBN 978-3-423-13520-7

Günter Grass im dtv

»Seit Thomas Mann hat kein deutscher Schriftsteller eine so große Wirkung auf die Weltliteratur gehabt.«
Nadine Gordimer

Die Blechtrommel
Roman
ISBN 978-3-423-11821-7

Katz und Maus
Eine Novelle
ISBN 978-3-423-11822-4
und
ISBN 978-3-423-19115-9

Hundejahre
Roman
ISBN 978-3-423-11823-1

Der Butt
Roman
ISBN 978-3-423-11824-8

Ein Schnäppchen namens DDR
ISBN 978-3-423-11825-5

Unkenrufe
ISBN 978-3-423-11846-0

Angestiftet, Partei zu ergreifen
ISBN 978-3-423-11938-2

Das Treffen in Telgte
ISBN 978-3-423-11988-7

Die Deutschen und ihre Dichter
ISBN 978-3-423-12027-2

örtlich betäubt
Roman
ISBN 978-3-423-12069-2

Der Schriftsteller als Zeitgenosse
ISBN 978-3-423-12296-2

Der Autor als fragwürdiger Zeuge
ISBN 978-3-423-12446-1

Ein weites Feld
Roman
ISBN 978-3-423-12447-8

Die Rättin
ISBN 978-3-423-12528-4

Aus dem Tagebuch einer Schnecke
ISBN 978-3-423-12593-2

Kopfgeburten
ISBN 978-3-423-12594-9

Günter Grass im dtv

»Ich bin der Meinung, dass jeder Schriftsteller, der Günter Grass wirklich gelesen hat, in seiner Schuld steht. Von mir jedenfalls weiß ich das mit Sicherheit.«
John Irving über ›Beim Häuten der Zwiebel‹

Zunge zeigen
ISBN 978-3-423-**12686**-1

Gedichte und Kurzprosa
ISBN 978-3-423-**12687**-8

Mit Sophie in die Pilze gegangen
ISBN 978-3-423-**12688**-5

Mein Jahrhundert
ISBN 978-3-423-**12880**-3

Letzte Tänze
ISBN 978-3-423-**13606**-8

Sämtliche Gedichte
ISBN 978-3-423-**13607**-5

Im Krebsgang
Eine Novelle
ISBN 978-3-423-**13176**-6

Deutscher Lastenausgleich
Rede und Gespräche
ISBN 978-3-423-**61921**-9

Schreiben nach Auschwitz
ISBN 978-3-423-**61925**-7

Historische Romane im dtv

Elizabeth Marshall Thomas
Die Frau des Jägers
Roman
Übers. v. Götz Pommer und Elfriede Peschel
ISBN 978-3-423-12004-3
»Ein Roman aus der Steinzeit von seltener Tiefe und Schönheit.« (New York Times Book Review)

Robert von Ranke Graves
Ich, Claudius, Kaiser und Gott
Roman
Übers. v. Hans Rothe
ISBN 978-3-423-01300-0
Augustus, Livia, Caligula, Nero: eine Chronique scandaleuse, in der die ganze dekadente Welt des römischen Imperiums lebendig wird. »Ein zu Recht berühmtes, meisterhaftes Werk.« (Bayernkurier)

Marguerite Yourcenar
Ich zähmte die Wölfin
Die Erinnerungen des Kaisers Hadrian
Übers. v. Fritz Jaffé
ISBN 978-3-423-12476-8
Ein Roman von außergewöhnlicher Feinheit. Yourcenar zeichnet mit Hadrian einen leidenschaftlichen und tatkräftigen Mann.

Frans G. Bengtsson
Die Abenteuer des Röde Orm
Roman
Übers. v. Elsa Carlberg
ISBN 978-3-423-20055-4
Orm, Mutters Jüngster, verzärtelt und hypochondrisch, wird von plündernden Nachbarwikingern verschleppt.

Matilde Asensi
Iacobus
Roman
Übers. v. Silvia Schmid
ISBN 978-3-423-20843-7
Der Jakobsweg 1317. Ein Hospitaliter auf der gefährlichen Suche nach dem Schatz der Templer.

Andrzej Sapkowski
Narrenturm
Roman
Übers. v. Barbara Samborska
ISBN 978-3-423-24489-3

Lux perpetua
Roman
Übers. v. Barbara Samborska
ISBN 978-3-423-24636-1

Gottesstreiter
Roman
Übers. v. Barbara Samborska
ISBN 978-3-423-24571-5
Die Bestseller-Trilogie um den schlesischen Medicus Reinmar von Bielau.

Historische Romane im dtv

Dorothy Dunnett
Niccolòs Aufstieg
Roman
Übers. v. Britta Mümmler und Mechtild Sandberg-Ciletti
ISBN 978-3-423-**21037**-9

Im Jahre 1459 beginnt der rasante Aufstieg eines armen Färberlehrlings zum Handelherrn ... Erster Band der großartigen Renaissance-Serie um das Haus Niccolò.

Asta Scheib
Kinder des Ungehorsams
Die Liebesgeschichte des Martin Luther und der Katharina von Bora
ISBN 978-3-423-**12231**-3

»Die vielleicht skandalöseste Liebesgeschichte Deutschlands.« (Klaus Modick)

Diana Norman
Die Piratenkönigin
Roman
Übers. v. Hanna Neves
ISBN 978-3-423-**20879**-6

Irland im 16. Jahrhundert. Im Dienst der Königin wird die junge Barbary auf die rebellische Insel geschickt. Inmitten von politischen Intrigen, Freiheitskampf und Krieg erlebt sie die Schönheit und Tragik Irlands – und ihre große Liebe.

Yves Jégo, Denis Lépée
1661
Roman
Übers. v. Gudrun Honke
ISBN 978-3-423-**24631**-6

Paris 1661. Der junge Sekretär von Molières Theatertruppe stößt auf geheimnisvolle verschlüsselte Dokumente und wird in den Kampf um die Nachfolge von Kardinal Mazarin hineingezogen.

Rose Tremain
Des Königs Narr
Roman
Übers. v. Elfie Deffner
ISBN 978-3-423-**20763**-8

England 1664. Der Arzt Robert Merivel erhält von Charles II. persönlich ein ungewöhnliches Angebot: Er soll die Mätresse des Königs heiraten ...

Eveline Hasler
Anna Göldin. Letzte Hexe
Roman
ISBN 978-3-423-**10457**-9

1780. Die schöne, eigenwillige Dienstmagd Anna Göldin wird des Kindsmords und der Zauberei angeklagt. Die Geschichte des letzten Hexenprozesses in Europa.

Raoul Schrott im dtv

»Hochintellektuell und sinnlich zugleich.«
Charitas Jenny-Ebeling in der ›Neuen Zürcher Zeitung‹

Die Erde ist blau wie eine Orange
Polemisches, Poetisches, Privates
ISBN 978-3-423-12704-2

Raoul Schrott macht sich Gedanken über Dichtung und Dichtkunst, über Poesie und Naturwissenschaft. Und übermittelt »Einige ganz private Überlegungen zur Literatur und den eigenen Anfängen«.

Die Musen
ISBN 978-3-423-12788-2

Mit einer Fülle von Zeugnissen aus der griechischen Kunst und Literatur erläutert Raoul Schrott den Kult der Musen und den Ursprung der Dichtung.

Die Erfindung der Poesie
Gedichte aus den ersten viertausend Jahren
Hg. u. übers. v. Raoul Schrott
ISBN 978-3-423-13144-5

»Ein phänomenales Plädoyer für die Lyrik … eine Sensation.« (Ralph Dutli in der ›Weltwoche‹) – »Es ist mehr als eine Anthologie: eine abenteuerliche Irrfahrt durch die entlegensten Poesie-Landschaften der Erde.« (Mathias Schreiber im ›Spiegel‹)

Ilija Trojanow im dtv

»Trojanow verwebt Orientalisches mit Westlich-Technischem, tobt sich im Detail aus, um dann zum kühnen Zeitensprung anzusetzen. Kurz: Er überrascht, wo er nur kann.«
Der Spiegel

Die Welt ist groß und Rettung lauert überall
Roman

ISBN 978-3-423-**12654**-0

Alex' Eltern ertragen den Alltag unter der Diktatur in ihrem Heimatland nicht länger, und hinter dem Horizont lockt das gelobte Land. Doch schon bald nach der Flucht zeigt sich, daß sie nicht nur einen Gobelin und die Großeltern zurückgelassen haben. Denn zwischen Traum und Wirklichkeit liegen Welten.

Der Weltensammler
Roman

ISBN 978-3-423-**13581**-8

Als Kundschafter der englischen Krone soll Burton in der Kolonie Britisch-Indien dienen – eine verlockende Aufgabe, die bald zur Obsession wird, das Fremde zu enträtseln und darin aufzugehen.

Autopol
in Zusammenarbeit mit Rudolf Spindler
dtv premium

ISBN 978-3-423-**24114**-4

Sten Rasin mag das schöne neue Europa des 21. Jahrhunderts nicht. Doch bei der jüngsten Aktion seiner Widerstandsgruppe wird er geschnappt. Einmal zu oft. Er wird »ausgeschafft«, dorthin, von wo es kein Zurück gibt – nach Autopol. Aber Rasin ist kein gewöhnlicher Krimineller. Er ist Idealist, ein Kämpfer, und er will zurück in die Freiheit. Schnell schafft er sich auch in Autopol Verbündete …

Die fingierte Revolution
Bulgarien, eine exemplarische Geschichte

ISBN 978-3-423-**34373**-2

Seit dem Fall des Eisernen Vorhangs hat Ilija Trojanow sein Herkunftsland Bulgarien regelmäßig besucht. Das Resümee: Die alte Nomenklatura wurde nie abgelöst, die Wirtschaft ist nicht privatisiert, sondern piratisiert, die Vergangenheit ist nicht bewältigt. Eine provozierende Analyse über Wunschdenken und osteuropäische Realität.